INDECÊNCIAS
PARA O FIM DE TARDE

Copyright do texto © 2014 Ricardo Kelmer
Copyright da edição © 2014 Arte Paubrasil

Todos os direitos desta edição cedidos à
Manuela Editorial Ltda. (Arte Paubrasil)
Rua Bagé, 59 – Vila Mariana
São Paulo, SP – 04012-140
Telefone: (11) 5085-8080
livraria@artepaubrasil.com.br
www.artepaubrasil.com.br

Diretor editorial Raimundo Gadelha

Coordenação editorial Mariana Cardoso

Assistente editorial Amanda Bibiano

Capa e projeto gráfico Fábio A. Mattos Lima

Capa Jane Renouardt, fotografada por Léopold-Emile Reutlinger (1900)

Revisão Fernanda S. Ohozaku e Wanessa Bento

Leitura crítica André de Sena

Impressão Graphium

CIP-Brasil. Catalogação na publicação
Sindicato Nacional dos Editores de Livros, RJ

K38i

Kelmer, Ricardo
    Indecências para o fim de tarde / Ricardo Kelmer.
– 1. ed. – São Paulo: Arte Paubrasil, 2014. 208 p.

ISBN 978-85-99629-44-4

1. Conto brasileiro. I. Título.

14-16336	CDD-869.93
	CDU: 821.134.3(81)-3
25/09/2014 29/09/2014	

Índices para catálogo sistemático:
1. Erótico: Literatura brasileira 869.91

Impresso no Brasil
Printed in Brazil

RICARDO KELMER

INDECÊNCIAS
PARA O FIM DE TARDE

São Paulo, 2014

Apresentação

Reuni neste livro umas indecências escritas entre 1989 e 2013. A maior parte é inédita em livro, e há também algumas inéditas no Blog do Kelmer.

Alguns contos integram séries publicadas no blog, como *A Garçonete da Minha Vida* e *A Putinha do Quartinho do Fundo* (da série *As Aventuras de Diametral* e *Ninfa Jessi*) e *Começando por Trás* e *Quarta É Dia de Dar na Escada* (da série *As Taras de Lara*). A parte intitulada Área Vip corresponde à parte privativa desses contos no blog, de leitura exclusiva dos leitores vips, uma casta especial de leitores que foram abençoados com as senhas de acesso.

O conto *Um Ano na Seca*, infelizmente baseado em experiência verídica, foi originalmente publicado em capítulos semanais, no antigo blog Kelmer Para Mulheres. Foi uma experiência enriquecedora, pois criei a história à medida que era publicada, e o tom de conversa informal do texto não é mero recurso estilístico mas o tom real de conversa que eu mantinha no blog com as leitorinhas (os leitores homens raramente se manifestavam), que a cada semana comentavam, impacientes por saber como o personagem-autor sairia daquela seca horrorosa.

A série de contos *Interações da Sacanagem* foi criada a partir de termos usados em buscas que levaram o internauta ao meu blog. Vez em quando confiro esses termos e me divirto muito, tem coisas bem bizarras, e rio só de imaginar o que essas pessoas esperam encontrar buscando por tais termos. Bem, se elas chegam ao meu blog, isso deve significar que escrevo muita coisa esquisita, e admito que escrevo, sim, adoro explorar o lado B da sexualidade. Então, já que esse povo busca por esquisitices, por que não lhes oferecer esquisitices em forma de literatura? Foi o que fiz. Os contos dessa experiência são os quatro finais, e no início de cada um estão os termos da busca que os inspiraram.

Aproveito para lembrar que este é o tipo de livro que pode ser lido usando-se apenas uma mão, viu, sem detrimento do prazer da leitura, muito pelo contrário. Aliás, a quatro mãos também funciona muito bem. A seis, então, é uma loucura.

Ricardo Kelmer

Sumário

Inspiración, essa vadia (1989)	9
O íncubo (1991)	13
Lolita, Lolita (2005)	17
A professora de Literatura do meu marido (2005)	21
As fogueiras de Beltane (2005)	31
A gota dágua (2006)	35
Vingativas (2006)	39
O desejo da Deusa (2007)	43
A torta de chocolate (2007)	53
Minha experiência omossexual (2008)	59
Um ano na seca (2008)	61
A garçonete da minha vida (2009)	95
A putinha do quartinho do fundo (2012)	101
Começando por trás (2009)	107
Quarta é dia de dar na escada (2012)	117
O segredo da princesa prometida (2012)	125
A grana do lanche (2013)	131
Faxina Summer Show (2013)	159
Para meus donos, com amor (2013)	171
Amadoras (2013)	181
A cidade das almas boas (2013)	187
Bullying de putaria (2013)	189
O GPS de Ariadne (2013)	193
Galeria de leitores especiais	199
Sobre o autor	201
Livros do autor	203

Inspiración, essa vadia

INSPIRACIÓN... Os poetas de todos os tempos, eles sabem: não há nada, absolutamente nada igual a uma noite com ela. Por isso é que, apesar de não estar quente, achei necessário um bom banho. Troquei as calças e a camisa, mas mantive o cabelo molhado e sem pentear, do jeito que ela gosta. Pus lençóis novos na cama e até pedi a uma das meninas da taberna, a Ruiva, que me emprestasse a escova de cabelos, uma do cabo de osso trabalhado, bem bonita, que ela ganhou do marroquino.

Eu empresto, mas só se o poeta fizer um verso pra mim – a Ruiva negociou. As meninas adoram poesia. Sorri, fingindo que não esperava por aquilo. Mas era uma troca justa, uma escova por um verso. Então improvisei quatro linhas, a dona da escova sentada em meu colo, e, ao fim, ganhei um beijo e a escova. E deixei a taberna, levando uma garrafa de vinho debaixo do braço e uma alegria mal disfarçada no canto da boca. Que ficassem e se divertissem eles, os amigos lascivos e as amigas embriagadas. Eu iria para casa, esperar por Inspiración. Nada como uma boa isca para atrair a cigana do imprevisível, os poetas sabem.

Maria de la Inspiración... Foram as meninas que me contaram que ela andava pelas ruas do povoado hoje de manhã. Que bela notícia..., pensei enquanto o som de seu nome me remetia às tantas alegrias que essa cigana desatinada me proporcionou durante a vida. Quantos versos lhe dediquei, cavalgando-a com paixão noites adentro? Poemas de saliva, rimas de sêmen, sonetos de suor...

É uma vadia, eu sei, eu sei, não precisa repetir. Todos sabem e não há poeta que não o saiba deveras. O povoado inteiro a conhece e as nossas pudicas mulheres a evitam quando ela, para alegria dos homens daqui, resolve aparecer. Mas isso certamente se trata de uma inassumida inveja por parte dessas respeitáveis senhoras recatadas e sem graça. Por não terem os homens na mão como os tem a cigana adorável. Tão bonita que nem precisava tanto. Ardente como nenhuma delas jamais poderá ser, de tão preocupadas com a vida alheia. E o vinho mais forte, creia, não embriaga tanto quanto a visão de seu corpo nu.

Mas vadia. Dona de uma inconstância irritante. Como adivinhar o que pensa, saber o que realmente quer? Costumo dizer-lhe que ela é como são todos os felinos: aparecem quando não se espera e se os chamamos, não vêm. Ela? Apenas ri, vaidosa da própria crueldade. Sim, ela é muito cruel. Usa e abusa de decotes generosos, servindo os seios em bandeja para a fome da noite. E se realiza, sim, como se realiza, sob os olhares dos homens. Então creio mesmo que deva se alimentar dos desejos alheios, a danada.

É fácil percebê-la numa festa: duas ou três canecas de vinho e lá está Inspiración caminhando por entre as mesas, toda faceira e provocante, aceitando de bom grado vinho e elogios. Claro, desnecessário dizer que sua simples presença deixa enlouquecidos os árabes: da última vez presenciei meia dúzia de confusões. Os mais velados arregalam os olhos e coçam os bigodes – mas lhes transparece na cara o que lhes passa pela cabeça. Não creia, no entanto, ser possível subjugá-la. Ouse dominá-la e verá que escapole feito água entre os dedos. Submete-se apenas se lhe for vantajoso. Inspiración é tão fugaz quanto o brilho daquela estrela cadente.

E quando tenho a certeza de que homem nenhum a fará abrir as pernas essa noite, eu inclusive, eis que vejo a vadia deixar a taberna de braços com o embriagado catalão, tão deslumbrado com a sorte que pagou bebida a meio mundo.

Eu a amo. Com desprezo, doçura e paixão, não nego. Mas essa sua volubilidade eterna nunca me dá tempo de me preparar. Aparece de surpresa em lugares ou situações que eu jamais esperaria. Surge de repente e eu, desprevenido, sinto-a irresistível insinuar-se lânguida pela minha virilha, as costas, o pescoço. E não adianta argumentar, seu signo é a urgência. Desejo não é coisa que se adie, ela sempre diz. E não é mesmo, não é mesmo, descobre a cada vez meu corpo vertido em beijos, minha alma convertida em versos.

Às vezes me enche de ciúmes, a diaba. Vejo-a na mesa de outros homens, sorridente, generosa. Mas não me permito levá-la tão a sério. Sorrio e entendo sua alma alegre e infantil. E quando inventa de dançar? Aí sim, é a própria expressão da felicidade. Solta os cabelos negros e com eles chicoteia o ar. Joga longe os sapatos e vai, rodopiando ao ritmo das palmas, tão cheia de graça e tão exata que penso se realmente não terá sido a dança inventada para ela. Seus movimentos aprisionam os olhares, e os homens se deliciam com a mais remota possibilidade de possuírem-na, e babam e gesticulam e se ensurdecem de tantos gritos e exclamações desvairadas. As meninas da casa são suas amigas, e ela sempre lhes traz roupas e enfeites e faz revelações pelas cartas sem cobrar. É uma dádiva essa cigana.

Marca encontros e me faz esperar em vão. Outras vezes acha de aparecer na pior hora possível. Rejeita meus versos em noites sem lua e em outras noites se deleita com eles e os deposita carinhosa em seu decote enluarado. Não tem jeito, previsível é coisa que Inspiración jamais conseguirá ser.

Mas certas iscas costumam dar resultado, sim. Por isso é que vim para casa mais cedo, deixei para trás a festa na taberna. A noite agradável, o vinho, o azeite da candeia renovado, meu corpo de banho tomado... Mel de atrair abelha.

Armadilha..., Inspiración dirá, já posso ouvir, o sorriso que eu bem sei nos lábios vermelhos. Então servirei mais vinho, apaixonado pelo seu pentear-se ao espelho, o cabelo negro languidamente acariciado pela escova bonita a que ela não resiste. *O corpo inflamável sob o vestido de pano fino... Candeia acesa em monte de feno seco...* – eu já me vejo escrevendo depois sobre suas costas nuas, inspirado.

– O poeta está ficando ordinário – ela sussurrará, virando-se na cama e me roubando um beijo. E eu, que certos escrúpulos já perdi:

– A gente se merece...

O íncubo

ELE VIRÁ COMO NUM SONHO mas será real. Porque habita a realidade mais profunda – e inadmissível, não esqueça – dos seus desejos. Chegará devagar e sem alarde. E deixará os sapatos à entrada para poder pisar delicadamente o seu chão e sentir, desde o início, todos os detalhes de sua presença. Ele, o meticuloso.

Haverá uma roupa no sofá da sala, você anda meio desleixada? Quem será o moço no porta-retrato, seu namorado? Que diria se acaso soubesse que ele esteve em seu apartamento a essa hora da noite? A porta de seu quarto estará trancada, evidente, mas ele já sabe que você anseia por essa visita. E é exatamente por isso que poderá vir e entrar. Se esse encontro não existisse antes em seu pensamento, minha querida, ele não passaria jamais por essa porta, aberta ou fechada.

Ele entrará em seu quarto enquanto acostuma os olhos à penumbra do ambiente, os olhos que a encontrarão em sua cama, dormindo tranquila, os lábios roçando o travesseiro e o cabelo escorrendo pelas curvas do seu rosto suave. Então ele se permitirá profanar a harmonia do quadro e afastará para o lado uma mecha de cabelo que insiste em querer seus lábios. Ele, o profano.

Não, de forma alguma ele se sentirá culpado por invadir assim sua intimidade mais secreta, logo você, tão cheia de recatos. Porque foi você quem quis assim, embora jamais o revele, nem a si mesma. É essa a lógica: você tem de chamá-lo para que ele possa vir. Ele estará, portanto, somente realizando um velho desejo seu. Aliás, ele gostaria imensamente de estar presente quando, pela manhã, você sonolenta a lavar o rosto, viesse a primeira lembrança do sonho que teve, tão estranho, tão louco... Mas tão real, não? Ah, ele adoraria vê-la, você estancando subitamente, em pé ao espelho, os olhos na expressão de quem lembra, o gesto suspenso na vã tentativa de congelar o resto de lembrança que vai fugindo, fugindo... E a cara de incredulidade e espanto. Mas não, ele não poderá estar presente, seus poderes não resistem longe dos sonhos.

Ele puxará a ponta do lençol, descobrindo seu ombro magro. Mais um pouco e os seios surgirão aos seus olhos agradecidos, descansando suaves e alheios no ritmo sereno de sua respiração. Ele não resistirá e deixará escapar um sorriso... Nesse momento já não poderá evitar deter-se um pouco e comparar a imagem que tem à mulher que conhece, tão pudica. Se você pudesse despertar agora, certamente teria um de seus repentes de indignação e bradaria que ele está violando sua intimidade e que não tem o direito. Mas nesse sonho, minha querida, não há lugar para violências. E, além do mais, não foi você quem o chamou? E quem melhor que ele, o que capta o que se esconde, para entender a beleza tímida dos seus seios?

Então, de repente, para total surpresa dele... você se moverá, virando o corpo e privando-o da visão de seus seios. Ele confessará, do alto de suas vivências no assunto, que, tsc-tsc, por essa não esperava. Então sussurrará ao seu ouvido, sorrindo uma revolta bem-humorada, que certos pudores não têm jeito, não adormecem nunca...

Em sinal de protesto ele retirará, de uma vez, o lençol que ainda cobre o restante de seu corpo. E terá outra surpresa o nosso amigo. Duas, para ser exato. Quem, em algum tempo, poderia imaginar, inclusive ele, que aquele autêntico recato ambulante dormisse nua, inteira e despojadamente nua? E, mais curioso ainda, que fosse tão desejável sem vestes?! Ninguém, certamente, você sempre fez questão de se ocultar demais. E ele muito menos, ele que há algum tempo flagra a ânsia dessa aventura por trás das couraças de sua defesa.

Retirado o lençol, o profano se afastará da cama e se posicionará melhor para observar, pintor orgulhoso do novo quadro. Você nua e sem defesa. Entregue aos olhos de um homem como jamais imaginou que pudesse. A pele brilhando na penumbra. O corpo inteiramente nu, convidativamente disposto sobre a cama, finalmente autorizado, nihil obstat. Ah, como ele se deliciará ao vê-la aprisionada em sua própria nudez...

E ele percorrerá com os olhos comovidos as paisagens de seu corpo, montes e planícies, savanas e cavernas. Gozará enternecido todas as minúcias de sua pele e procurará novos ângulos para sua beleza inconsciente – e finalmente despudorada. Um fino e cruel ladrão de intimidades, desumano e desrespeitador. Ora, convenhamos, ele dirá, um pouco de perversidade não faz mal a mulher nenhuma! Principalmente a você que sequer admite durante o dia o que se permite em sonhos...

Então ele perceberá, desconfiado, a sua respiração mais intensa, o ritmo acelerado. Aproximará o rosto do seu, já antevendo a nova surpresa, e por fim constatará sua excitação. Ora, ora, ele exclamará sorrindo, então o sonho já começou... E, enquanto se despe ao lado da cama, observará seus movimentos angustiados e impacientes, como se buscasse alguém ausente.

Ele comparecerá a esse encontro porque você o quer, vamos deixar isso bem claro, mas também porque anda curioso por saber o que existe por trás de toda essa sua aparente frieza e indiferença. Aparente, sim, ele sempre soube disso, pois mesmo nas mulheres, bichos ardilosos que sempre foram, o olhar nem sempre acompanha a velocidade da mentira – ou da habilidade, como queira. E foi o olhar, minha querida, foi exatamente esse pequeno detalhe que naquele dia a denunciou, a você e suas tão bem cuidadas aparências. Foi apenas um encontro instantâneo de olhares, tudo muito rápido, é verdade, somente um desejo que por um segundo escapou sorrateiro de sua vontade e que, ao perceber o olhar dele, voltou logo a ser desdém. Ah, mas já era tarde. Ele agora sabia de tudo.

Jogada a roupa a um canto, ele deitará ao seu lado na cama, já chega de perversidade. Sentirá então o calor receptivo e o aroma delicado de sua pele. Você jogará ao chão velhos escrúpulos que por lá ficarão enquanto ele não se for e decerto que se espantarão ante toda sua disposição revelada. Seus olhos estarão sempre fechados, mas verão tudo em seu sonho. Só não verão os olhos dele, o que fará mais difusa ainda sua recordação.

Enquanto sua boca o procura e seus braços exigem com avidez o corpo dele, ele sorrirá dessa sua insuspeitada ardência. E finalmente fechará os olhos, deslizando para dentro do seu sonho. E só retornará quando novamente abri-los.

No outro dia você lembrará de quase tudo, mas sua lembrança será como névoa que aos poucos se dissipará, terminando por se transformar na sensação de já ter vivido algo assim em algum dia, algum lugar...

Mas como, se tudo foi apenas um sonho?, você se perguntará, sempre surpresa com a qualidade das lembranças que a farão sorrir pelos cantos do dia, subitamente envergonhada. O que foi? – a amiga indagará, desconfiada, e você disfarçará, procurando qualquer coisa para se ocupar e fugir do flagrante. Mas nem sempre conseguirá conter o sorriso que, fora do seu controle, denunciará a si mesma uma descarada satisfação.

Você pensará nele, sim, e por pouco não se renderá ao desejo, várias e vacilantes vezes ao lado do telefone. Sussurrará na rua, sem querer, o nome do maldito, mas ao mesmo tempo evitará encontrá-lo pois se sentiria nua nesse encontro. E toda vez que se recordar dessa noite, perceberá um vento gelado lhe roçar os pelos e trazer arrepios. Ventos do outro mundo? Lera certa vez alguma coisa sobre demônios que invadem o sono das mulheres para copular com elas, lendas medievais. A história não lhe saíra da cabeça.

Demônios... Não sabia que pudessem ser tão competentes, você pensará, permitindo-se afinal brincar um pouco. Muito competentes...

Mas não, não – você sacudirá a cabeça, abandonando tal absurdo, e voltará aos afazeres. Entrar no sonho dos outros, imagina, seria o fim do mundo...

Mas... e se fosse possível? E se realmente eles pudessem...

Não, não, foi tudo um sonho – você repetirá mais uma vez, lutando contra a vontade que arde de vê-lo novamente. Foi apenas um sonho louco e alguma coincidência. E, além do mais, há muito que essas coisas não existem.

Lolita, Lolita

A CENA SEMPRE ME EXTASIA, sua língua faceira saltando três vezes... Olho em silêncio enquanto ela lambe o papel, fecha o baseado e acende, segurando na ponta de seus dedinhos finos. Ela puxa a fumaça devagar, os olhinhos fechados, tão linda... E eu amo sua boca enquanto ela solta a fumaça. A boca. Que ela sempre esquece entreaberta, na medida exata, meio dedo, ela faz de propósito, sabe que não resisto. O que essas colegiais andam aprendendo no recreio?

Vai, fuma, minha amiga quem me deu, você vai gostar. Hoje não, meu anjo, obrigado. Ah, é, pois só de mal não vou fazer aquilo. Então cumpro minha parte no trato, dou uma tragadinha, o suficiente para que a doce chantagista se satisfaça. Ela me mostra a língua, me chama de velho careta. Entendam, quero sóbrios os meus sentidos, para depois passar todas as imagens, uma por uma, e recordar... e recordar... até que seja novamente terça-feira.

Trancada a porta da suíte. Cerradas as cortinas. Os pequenos cuidados de sempre. Mas as cortinas, eu sei, ela depois abrirá para olhar a cidade, ela e seu prazer de me desobedecer. E eu paciente a puxarei para dentro, perigoso ficar na sacada, meu anjinho, eu já disse, principalmente assim de calcinha. Ela protestará, claro: Seu chato, parece meu pai! E citará probabilidades, uma chance em mil de alguém reconhecê-la ali no vigésimo andar. Mas vocês hão de convir, já foi sorte demais encontrá-la, não tenho mais idade para abusar do destino.

No frigobar ela se diverte: iogurtes, suquinhos e chocolates que devora e guarda na mochila, levará para a amiga. Na TV, vibra com os clipes musicais, essas bandas modernas com nomes estranhos e garotos idiotas que ela adora, e zomba do meu ciúme cantarolando em seu inglês vacilante, o que me faz lembrar de seu curso, justamente onde ela deveria estar agora. Mas vocês vão entender, as terças são minhas.

Ela vem para a cama, lânguida e relaxada. Tira minha camisa e brinca com os pelos brancos do meu peito, me aperta as sobras da barriga. Com meu cinto, brinca de me chicotear, rindo como se fosse a coisa mais engraçada do mundo. Depois salta da cama: Me dispa, escravo, é uma ordem. Sim, minha princesa.

Fico na ponta da cama, ela à minha frente. Tiro seu uniforme com cuidado, da outra vez rasguei a saia. Desabotoo a camisa e os seios pequenos me olham. Pergunto se estão com saudade e ela os move para cima e para baixo: Sim, estamos... E outra vez morre de rir. As meias brancas mantenho no lugar, quase no joelho, gosto assim. A fita no cabelo também. Ela ergue a saia plissada e surge a calcinha, hoje é azul claro, combina com a tarde. A vontade é de arrancá-la, me controlo, o coração quer sair do peito. A calcinha desce suave pelas coxas finas, beija os joelhos, pousa nos pezinhos... Engulo seco. Diante de mim a luz dos meus dias, fogo em minha alma.

É nas curvas de seu corpo quase infantil que eu me desgoverno: tento dirigi-la, mas ela faz o que tem vontade e minhas juntas sofrem para segui-la. Ela geme sob o peso de meu corpo, dança sobre ele, senta em meu rosto, vira de costas, sim, sou tua Lolita, para sempre, sim... Lembro do trato e ela cumpre a promessa, bebendo-me até a última gota, adora observar minhas reações. Depois, na telinha da máquina, ela apaga as fotos em que está feia e zomba da minha expressão apaixonada, manda por e-mail, pliiis, você nunca manda, malvado. Ela me oferece chiclete e diz que a amiga quer um dia participar também... Paro, sem acreditar no que ouço. Você não devia ter contado, nossa felicidade não precisa de mais ninguém! Mas ela é minha amiga... Foda-se sua amiga, já falamos disso, quer estragar tudo, tem merda na cabeça?!

Vamos em silêncio até o shopping, uma lágrima escorre de seu olho. Que eu não vejo porque não ouso olhar mas sei, porque é a mesma lágrima que tremula no meu. Paro e ela sai do carro, fecha a porta. Três passos e retorna, e emoldura o rosto na janela, e sussurra: Fica assim não, desculpa... A boca. Por favor, não quero que acabe, pliiis... A boca entreaberta, meio dedo. Meu coração se derrete. Entrego-lhe o dinheiro do cinema e do lanche, mais um pouco para gastar com bobagens. Te amo, ela diz sorrindo, e eu respondo eu também. Ela conta orgulhosa que verá seu primeiro filme de catorze anos e, como se revelasse um segredo mortal, diz que a amiga entrará com carteira falsa. Não precisa correr, meu anjo, tem tempo. Mas ela já se virou. E lá se vai minha Lolita, correndo estabanada pelo estacionamento, mochila às costas, as pernas, as meias brancas. Tão linda em seu prazer de me contrariar.

A professora de Literatura do meu marido

ENTRAMOS NO PRÉDIO do Clube Fantasia e um moço de paletó, muito distinto, nos indicou o corredor à esquerda. O ambiente era bem decorado, quadros eróticos de bom gosto, estátuas gregas lindas, a iluminação suave, uma música ambiente baixinha. Rui havia dito que eu não veria nada de vulgar, que tudo era feito de um jeito muito sério e direito. Isso é o mínimo que tinha de ser, foi o que respondi. E era mesmo. Com sexo não se pode descuidar, senão vira baixaria.

Mas eu ainda não acreditava que iria mesmo fazer o que faria.

– Boa tarde – a recepcionista morena nos atendeu no balcão.

– Boa tarde – disse meu marido, entregando seu cartão de sócio do clube. – Temos um encontro com a professora Graziela.

– Senhor e senhora Macário?

– Exatamente – Rui respondeu.

– Não – tratei logo de consertar. Odeio esse negócio de senhora Macário, acho machista e brega. – Senhor Rui e senhora Denise.

A recepcionista conferiu os dados no computador. Ela usava um tailleur verde claro, até bonito, mas com um decote que absolutamente não combinava com a sobriedade do ambiente. Primeira falha. Até então estava tudo perfeito. Por que aquele decote? Peguei Rui olhando pros peitos dela e quase dei um beliscão nele. Eu sei que meu marido estava excitado com a possibilidade de realizar sua fantasia secreta mas o que custava se controlar um pouquinho? Homens, homens.

– Queiram me acompanhar, por favor – disse uma outra garota, outro decote exagerado. Loira. Seu tailleur era azul marinho, meias transparentes. Pernas finas. Mais finas que as minhas. Nunca simpatizo fácil com loira.

Rui saiu atrás dela, me puxando pela mão. Relutei. Ele parou e olhou nos meus olhos, sério.

– Não vai desistir agora, né, querida?

A garota aguardava na porta do elevador, paciente. Elas já deviam estar acostumadas com aquelas cenas.

Pensei rapidamente sobre onde eu estava me metendo. Tudo começou um mês antes quando Laurinha e Jocélio nos falaram desse clube, era a última moda entre os casais modernos da sociedade. Supervip, caríssimo, cheio de restrições para participar. Mas, segundo Laurinha, valia a pena porque depois que entraram para o clube, o casamento deles esquentou que foi uma beleza. Bem, nosso casamento não estava frio. Mas não sou uma mulher careta, eu gosto de novidades. E, além do mais, se a Laurinha que era a Laurinha conseguira, então eu também conseguiria.

– Vamos – eu disse, resoluta. Agora não tinha mais volta.

Entramos no elevador e subimos pro terceiro andar. A porta abriu e saímos os três. Seguimos pelo corredor e paramos diante de uma porta, que a garota abriu. Entramos numa antessala que tinha mais duas portas. Em frente a uma delas havia um sofá.

– A professora Graziela chegará em um minuto. Vocês poderão, primeiramente, observá-la pela fechadura. Depois a porta abrirá automaticamente e poderão entrar. Antes de deixá-los, gostaria de ratificar que o Clube Fantasia só trabalha com profissionais discretos e altamente qualificados. Aqui a professora Graziela é uma escrava sexual, que realiza a fantasia de seus clientes, mas não conversa com eles nem troca informações pessoais.

A garota saiu pela segunda porta e nos deixou a sós.

– Graziela. Não tinha um nominho melhor, não?

– Denise, você disse que ia entrar no clima – resmungou Rui, já sentado no sofá. É, eu tinha dito. Mas estava difícil.

Graziela. A professora de literatura medieval. A famosa Graziela Herrera. Trinta e um. Um ano a mais que eu. Espanhola de Madri, tradutora de diversos livros sobre Trovadorismo e sobre o mito do Graal, os cavaleiros da Távola Redonda. Uma mulher superculta. Mas uma super-hiper-safada, que mantinha uma vida secreta como escrava sexual naquele clube. Uma *belle de jour* acadêmica.

Após analisarmos todas as opções que o clube oferecia, decidimos: seria com ela. Meu querido marido realizaria sua fantasia de transar com uma mulher na frente de sua própria.

Homens, homens.

– ELA CHEGOU... – Rui sussurrou. E ficou olhando pela fechadura, todo concentrado. E eu ali olhando pra ele. Depois ele se afastou.

– Tá tudo escuro, é o intervalo. Vem, dá uma olhadinha. Não esquece que se você não entrar no clima, não vai funcionar.

Rui já tinha me dito isso dez mil vezes, era a recomendação principal. Eu sabia, claro. Mas se imagine em meu lugar. Não é fácil.

Fechadura. Uns segundos de escuridão... e então surgiu uma sala de aula comum, quadro-negro, mesa e cadeiras, mapas na parede. E lá estava a professora Graziela, de pé ao lado da mesa. Uma ruiva bonita, de porte elegante. Mais bonita que nas fotos. Ela tinha cabelos lisos presos num rabo-de-cavalo, a boca grande, lábios carnudos... No rosto apenas uma maquiagem básica, discreta. Graziela vestia um conjunto cinza-xadrez de blazer e minissaia, por baixo uma camisa branca de algodão, dessas masculinas de botão. Meia-calça escura, que delineava bem suas pernas longas. Na mesa, livros, cadernos e óculos de grau.

Então tudo ficou escuro. Mais um intervalo.

– E aí?

– Gostei do tom de ruivo que ela usa.

– Só isso?

– Tá bom, gostei dela. Até demais pro meu gosto.

Olhei de novo pela fechadura. Esperei um pouquinho, ainda estava tudo escuro. Então, pufff, ela surgiu, lá na mesa. E tomei um susto.

– Aaaiii!

– Psiu! Que é isso, Denise?!

– Ela olhou pra mim!

Rui fez uma cara feia.

– Ahn... É que ela tirou o blazer.

– E qual o problema, Denise?

– Ué? Não é pra entrar no clima?

Tá, admito. Não foi uma entrada de clima assim perfeita. Mas eu juro que estava me esforçando.

– Agora é minha vez.

– Não – afastei-o. – Quero ver mais.

E queria mesmo. Agora estava com vontade de verdade, queria entrar no clima. Encostei o rosto na porta e olhei mais uma vez. Graziela continuava olhando em minha direção, ela e seus grandes olhos verdes. Que sensação estranha... Eu toda era um frenesi, uma vontade dividida, um lado querendo sair dali correndo e o outro querendo ver, ir até o fim daquela história louca.

Graziela continuava no mesmo lugar, mas agora estava apoiada na mesa. Era uma mulher realmente irresistível, eu tinha de admitir, aquela mistura de charme intelectual e depravação sexual... Graziela Herrera, a professora de literatura. Lá estava ela, a poucos metros de mim, pernas longas e bonitas, seios grandes. O que falavam dela não era exagero algum. Como arrumava tempo pra academia com todas aquelas aulas e traduções e palestras e congressos? Sem falar nas horas que perdia com a fantasia de seus clientes. Às vezes tenho a impressão que pra certas mulheres o dia tem mais de vinte e quatro horas, só isso pra explicar o fato delas estarem sempre com o corpinho em dia.

Ela usava sapatos de salto plataforma. Bem pensado, salto agulha não ia combinar nadinha. E no pescoço um colar com a letra G. Hummm, meio óbvio, podia dispensar. E uma maçã vermelha sobre a mesa. Maçã vermelha. Precisava mesmo? Bem, olhando do ângulo do fetiche, tinha realmente a ver. É, ela realmente pensava em tudo. Aquela mulher não existia. Não era possível. Devia ser proibido existir mulheres como Graziela.

Intervalo. Escuridão.

– Que cara é essa, Dê? Você não tá com ciúme, né?

– Quem pode ser páreo pra uma mulher assim, Rui?

Ele sorriu, satisfeito.

– Só você, Dê...

Botei o dedo nos lábios dele.

– Mentira sua.

Hummm... Senti que talvez houvesse entrado no clima demais. Mas Rui me abraçou e percebi pelo volume em sua calça que ele estava gostando. Ele me queria no clima de sua aventura. Pois bem, era isso que teria. Olhei pra porta, desafiadora:

– Vamos ver do que você é capaz, dona Graziela.

Rui não conteve sua alegria e me beijou.

– Aconteça o que acontecer... – ele sussurrou, todo meigo – quero que saiba que você é a mulher da minha vida. Entendeu?

Quase ri. Mas me segurei. Então a porta abriu. Rui entrou na sala de aula, eu entrei atrás e sentei numa cadeira da primeira fila. Começou a tocar uma música erótica.

– Boa noite, professora Graziela – ele disse, todo cheio de modos. – Eu vim. Minha mulher também veio.

– Vim, mas vim só olhar, dona Graziela. Fiquem à vontade vocês dois, por favor.

De novo quase estraguei tudo, mas segurei o riso pelo rabo. Até engasguei. Rui me olhou de cantinho de olho, me fuzilando. Desviei o olhar pros mapas na parede, pra ganhar tempo e entrar novamente no clima.

Quando olhei pros dois, ela estava sentada na mesa, com a camisa desabotoada. Acariciava um seio enquanto a outra mão subia lentamente a saia sobre as coxas...

Senti-me estranhamente incomodada e desviei o olhar daquela boca entreaberta, daqueles lábios despudoradamente vermelhos. Eu precisava relaxar mais. É muito estranho ver seu marido com outra mulher, mesmo que seja numa situação de total consentimento de todas as partes, como aquela. Mas eu não podia mais voltar atrás. Ah, devia ter fumado aquele baseado com o Rui, agora estava arrependida. Não, melhor não, eu certamente teria uma crise de riso.

Rui delicadamente suspendeu a blusa preta de alcinha de Graziela e seus grandes seios saltaram fora. Grandes e bonitos. Na verdade, muito bonitos. Ok, ok, eram perfeitos. Mas só podia ser silicone. E mesmo assim, um silicone bem discreto, pois não dava pra ter certeza. Ainda sentada na mesa, Graziela reclinou-se e apoiou as costas no quadro-negro, as pernas dobradas, uma posição quase ginecológica.

De fato, ela se comportava como uma escrava, deixando-se levar pela vontade do meu marido. Uma escrava superchique.

Enquanto Rui puxava a meia-calça, descendo-a devagar até abaixo dos joelhos, meu olhar cruzou novamente com o dela, aqueles imensos olhos verdes nos meus. De novo o incômodo. Desviei o olhar. Mas foi por pouco tempo, pois a cena já me atraía feito um ímã. E assim voltei a olhar. E vi a professora, silenciosa e solícita, quase deitar sobre a mesa, as pernas dobradas pra cima, os joelhos afastados, a meia-calça arreada, a calcinha preta, os seios brilhando sob a blusa suspensa. E a maçã sobre a mesa, ao lado das pernas dela, intacta, vermelha. Suculenta.

Nesse momento senti algo. Um calor entre as coxas. Aquele pequeno rebuliço no baixo-ventre que toda mulher sabe muito bem o que é. Meu marido continuava tirando a roupa da professora, jogando ao chão a meia, a saia, a calcinha... Rui estava muito excitado, mas se movia devagar, mostrando como ele queria, afastando-a pra um lado e pro outro. Ela o obedecia calada, sem nada questionar, sem qualquer gesto de contrariedade, absolutamente a seu dispor. Uma escrava profissional. Doutorado em literatura medieval, honras acadêmicas, trabalhos premiados... e escrava sexual. Que mundo louco. Mas vamos reconhecer, né, não deve ser fácil. Fazer tudo aquilo e ainda manter a classe. E com a mulher do outro olhando tudo, de pertinho! Gente, esse povo não existe...

Fechei os olhos e me imaginei no lugar da professora. Como seria? Eu ali, naquela mesa, nua e escrava, toda à disposição de um homem estranho... fazendo tudo que ele desejasse... uma mulher sem vontades... Ou melhor, com uma única vontade: dar prazer, todo o prazer possível.

Senti a excitação me subir o corpo. Me deitei um pouco na cadeira, apertando as coxas uma contra a outra, a mão entre elas. Nesse instante abri os olhos e vi Graziela totalmente nua, de quatro sobre a mesa, e Rui passava óleo sobre seu corpo, nas costas, na bunda, nas pernas... Graziela recebia o óleo quieta. Rui, porém, arfava, visivelmente excitado. Eu conheço meu marido, sei perfeitamente quando ele está à beira de explodir. E ele estava.

Entre um e outro dos meus devaneios me imaginando no lugar de Graziela, vi quando ela ficou de pé, a nudez de seu corpo claro reluzindo no contraste com o quadro negro ao fundo. Na cintura, passando à frente do sexo negro bem depilado, um cordão prateado com duas letrinhas penduradas: R e D. Uma homenagem a meu marido e a mim, que meigo. Eu? Eu sorri, né, amiga? Graziela era realmente profissional.

Então Rui a empurrou de volta à mesa. Ela ficou em pé, esperando suas próximas intenções. Ele a virou de costas, meio bruto, e ela apoiou os braços na mesa. Descontrolado, Rui jogou os livros e cadernos no chão. Graziela ficou inclinada, docilmente, sobre a mesa. Rui abriu suas pernas, deixando-as bem afastadas e me fazendo ver perfeitamente o sexo rosado, os lábios entreabertos que nem a boca, a bunda bem feita. Senti um calafrio mais forte. Rui ajoelhou-se, abriu a bunda de Graziela com as duas mãos e lambeu seu cu. Juro que senti como se fosse no meu. Rui baixou sua calça, botou o pau pra fora e rapidamente vestiu uma camisinha nele. Meu marido estava absolutamente possuído, parecia um louco. Era muito estranho vê-lo assim com outra mulher, mas... ao mesmo tempo era excitante.

Gozamos quase no mesmo momento, eu meio deitada na cadeira, gemendo calminha, ele montado nela feito um bicho alucinado, urrando enquanto enrabava a famosa professora de literatura. Ela não deu um pio. Manteve-se sob o corpo de Rui, quietinha, profissional, recebendo seu pau, ele puxando o cabelo dela, a cabeça dela puxada pra trás, a boca aberta... Se ela gozou, foi muitíssimo discreta. Depois ele caiu sobre ela, exausto, largando o cabelo. Vai ter que fazer a escova de novo, querida... Ai, desculpa, quebrei o clima. Mas tudo bem, já acabou, tô liberada.

ENQUANTO SAÍAMOS DA SALA, Rui me perguntou:

– Você gozou mesmo ou só fingiu?

Incrível como eles nunca sabem. A garota loira apareceu e nos conduziu ao elevador. Lá, ela nos entregou um folder que Rui quis logo pegar. Mas não deixei, pois eu queria dar uma olhada. A porta do elevador abriu e saímos.

– Deixa esse folder aí, Dê. Em casa eu tenho outro.

Sim, mas aquele folder não era o mesmo que ele me mostrara em casa. O que eu agora tinha nas mãos mostrava fotos de modelos... masculinos!

– Rui, você não me falou que no clube também tinha boneco homem.

– Ahn... Você não perguntou.

Fuzilei o desgraçado com meu pior olhar. Daqueles que ele conhece bem e sabe que se tentar discutir, é pior. Chamei a garota de volta.

– Minha filha, por favor, quem é esse boneco aqui?

– É o Draco – a garota respondeu. – É um cantor de rock.

– Hummm... Já gostei. Me fala mais dele.

– Você nem gosta de rock, Dê... – Rui tentou me puxar pela mão. Ignorei.

– Perfeito, sou roqueira desde que nasci. Continue, por favor.

– Draco é feito com silicone de última geração, senhora. Pele humana sintética. Fala cento e vinte frases. Doze opções de hálito. E mexe o quadril em sete movimentos.

– Então é mais moderno que a Graziela?

– Bem mais.

Rui desistiu e saiu andando em direção à porta. O desgraçado. Como que ele teve a coragem de me esconder que também havia bonecos pra mulheres? Ai, que ódio...

– Um e oitenta de altura – prosseguiu a garota. – Oitenta e dois quilos. Sem barriga.

– E o bilau?

– Quatro opções: P, M, G e GG.

– Não tem Extra GG?

– Ainda não – ela sorriu, toda cúmplice. – Mas garanto que o GG é suficiente.

Não é que eu comecei a sentir uma simpatia pela loira!

– Pode reservar um pra mim. Pra sábado. Com tudo que tiver direito.

Incrível a tecnologia. Perto de Draco e Graziela, aquelas bonecas infláveis de antigamente eram personagens de filme de terror. Esses bonecos modernos enganam até de perto.

– Se quiser, a senhora mesmo desliga a fala.

– Bem pensado. Sei lá se vou gostar do papo do Draco, né?

– Desculpe a indiscrição, mas a senhora gosta de dupla penetração? Posso incluir um segundo boneco. – Ela olhou pros lados e me sussurrou ao ouvido: – Por minha conta.

Aquilo já não era solidariedade. Era vingança sindicalizada.

– Minha filha, esse é meu sonho!

Alcancei Rui na porta. Sua cara não era de muitos amigos.

– Escolheu qual?

– O Draco.

– Você sempre foi chegada num artista...

– E você em professora.

Mais uns segundinhos. Eu só aguardando a pergunta que eu sei que ele faria.

– Draco é o moreno ou o loiro?

– O morenão.

Mais uns segundinhos.

– Aliás, os morenões.

– Como assim os morenões?

– Ganhei um de bônus, mô, olha que sorte. Dois Dracos.

– Dois, Denise?!

– Pra que esse espanto, mô? Você sempre põe o dedo atrás. Agora serei penetrada duplamente de verdade.

Silêncio. Eu só aguardando a perguntinha.

– Dê, eu sinceramente não vejo necessidade de...

– Pois eu vejo.

– Então eu não venho! Você vem sozinha.

– Se não vier, vou fazer greve de um ano.

– Você não faria isso.

– Experimente, Rui Macário, experimente.

Ele sabe do que eu sou capaz. Uma vez fiz uma greve de três meses que ele quase morreu. E quando eu digo Rui Macário, é porque a coisa é mesmo séria.

– Com ou sem fala?

– Com. E hálito de cachaça. Bem selvagem.

Ele acenou pro táxi. Estava demorando a pergunta.

– Que péssimo gosto, Denise. Francamente.

– Aham.

Era agora...

– E... o... tamanho?

Não falei? Homens, homens.

– Tamanho proporcional aos peitos da Graziela – respondi, rindo gostosamente.

Entramos no táxi. Rui disse o endereço e ficou lá, emburrado. Então abri a bolsa e tirei uma maçã. A maçã da Graziela. Rui viu e balançou a cabeça, reprovando. Dei uma mordida. Hummm, pelo menos a maçã era de verdade. E deliciosa. Rui não estava acreditando.

– Vai uma mordidinha, mô?

As fogueiras de Beltane

JÁ CONHEÇO ESTE VENTO. Sei o que ele traz. Fecho os olhos, ainda ansiosa. Respiro profundamente, tentando espantar o medo... Todo ano é sempre a primeira vez.

Uma pequena serpente se aproxima, trazendo sua bênção. A Lua descansa por trás de uma nuvem. Toda a floresta está em respeitoso silêncio. Ouço apenas o murmúrio do fogo à minha frente e acompanho a dança suave das labaredas. E ao redor, mais afastadas, vejo brilharem as outras fogueiras. Não estou só.

Logo escuto o som de sua chegada, os cascos de seu cavalo pelo chão da floresta. Um arrepio me percorre o corpo sob o vestido, como um prenúncio do que virá... Estou pronta para o ritual.

Imponente, enfim ele surge entre os carvalhos, o porte altivo de cavaleiro. Aproxima-se em passo lento. Não vejo seu rosto, mas sei que está compenetrado, pois é um iniciado e sabe a importância do que fará.

A Lua então comparece, deitando seu manto prateado sobre a relva, e sua presença me fortalece. Ele desce do cavalo e caminha em minha direção, o passo pesado de homem, a espada cruzada sobre suas costas.

Nesse momento o vento lhe dá as boas vindas e o fogo crepita seu nome. Ele para diante de mim. É mais jovem do que eu esperava. E é tão belo... Ele põe-se de joelho, reverente. Toco sua fronte e através de mim a Grande Mãe abençoa o cavaleiro, permitindo que ele participe dos mistérios dessa noite. Eu vim, filha da Deusa..., ele pronuncia as palavras do ritual. Mas percebo que está nervoso, talvez seja sua primeira vez. Então ergo meu cavaleiro e falo docemente para seus olhos: Desde o início dos tempos eu te esperei...

As labaredas crescem quando nos damos as mãos e saudamos a Deusa, agradecendo a dádiva de sermos instrumentos de sua vontade. Ofereço-lhe morangos e cerejas e entoamos baixinho a cantiga que fala da Terra fecunda. Em nossos corpos se celebrará mais uma estação, o mistério da vida que se renova.

Chamo-o para perto do fogo. Ponho-me de pé à sua frente. Ele faz cair meu vestido, que desliza suave sobre meu corpo até o chão. Nua e entregue, sinto a presença divina e fecho os olhos para recebê-la. E mais uma vez o mistério se renova: sou a própria Deusa, sem deixar de ser sua serva. E sei que é assim que agora ele me vê, a mistura inexplicável, mãe e filha num só corpo.

As mãos do cavaleiro me tocam os cabelos como se pedissem licença. Depois emolduram meu rosto e assim ficam, como se me quisessem guardar no quadro da memória. Sinto sua boca em meus seios, eu árvore generosa, carregada de frutos maduros para sua fome. Sou posta no chão por seus braços fortes, eu cálice e oferenda, deitada no altar da relva macia. Vem, meu cavaleiro...

Muitos são os mistérios que habitam a alma feminina, tantos quanto as estrelas do firmamento. E poucos os homens que ousam percorrê-los. Porque instintivamente sabem que se perderão. Mas meu cavaleiro já consagrou sua vida à Deusa e é ela quem lhe permite conhecê-la mais de perto, sentir seu aroma, tocar-lhe a fenda que protege a gruta da vida e da morte, afastar as cortinas do santuário e unir-se a ela em carne e espírito...

Percebo que ele vacila, extasiado, atingido em cheio pela imagem do mistério. Então, pela autoridade a mim atribuída, puxo-o com força e meu grito acende de vez a fogueira dentro do meu corpo. O cavaleiro me abraça e me envolve e nossos suores e salivas se misturam e já não sei mais o que é ele e o que sou eu. É a alquimia sagrada que transmuta a matéria, que faz de um mais um, três.

Ele percorre meu interior como a ávida planta que fuça a terra. E eu, terra fértil, recebo sua raiz e me deixo preencher. Ele serpenteia por dentro do meu corpo como o alegre rio que dança sobre a terra. E eu, terra sedenta, recebo sua água e me deixo inundar.

Luas, muitas luas... Estrelas, milhões delas luzindo pelo meu ser... Assim em cima como embaixo... Sou a noiva do casamento sagrado entre a Terra e o Céu...

Lentamente o corpo do cavaleiro se separa do meu. Ele me dá um último beijo e adormece abraçado a mim, criança bela e pura.

Ao amanhecer, ele irá e eu recolherei o orvalho das flores, saudando a primavera e agradecendo pela boa colheita que teremos.

O fogo ainda queima, protegendo nossos corpos do frio da madrugada. Abençoada e feliz, agradeço à Deusa a honra de servi-la. E me uno ao belo cavaleiro no descanso sagrado dos filhos da Terra.

A gota dágua

RAZÃO. VOCÊ A EVOCA, angustiada. E a razão surge, gritando em cada sinal vermelho: pare de ser louca! Mas aí o sinal esverdeia e você precisa seguir em frente na tarde cinza, entre os automóveis e a chuva que não cessa. Ainda bem. Não fosse o sinal verde, talvez agora você ainda estivesse ali, pensativa, o carro parado no cruzamento. O cruzamento alagado da ruazinha da razão com a imensa avenida da loucura... e do desejo.

As pessoas na rua correm para se proteger da chuva, todas certas de seu caminho, seguem rápidas e decididas. Você não. Você segue devagar e o seu medo de prosseguir reza para o próximo sinal estar fechado. Pararia ali mesmo no meio da rua, não fossem os carros atrás. Tudo em seu ser se contradiz, uma célula quer ir, outra morre de medo. Sim e não. Verde e vermelho. Em seu peito o coração bate no compasso da urgência, não, em suas veias o sangue se desencontra, sim. No rádio, música nenhuma entende seu estado de ânimo. E essa chuva a deixar tudo ainda mais confuso... Sim e não. Ai, que vontade imensa de gritar... Você respira fundo. E acelera.

Francamente falando, você sabe muito bem que limites existem para serem quebrados, não é? E os seus há muito que lhe desafiam. Sim. Para ser exato, desde que ele surgiu, de repente, não mais que de repente. Ele e seu olhar inquietante, o jeito diferente... Você já não sabe se ele é louco ou se louca fica você toda vez que o vê. Tem algo nele que dá um calor, não é? Você nunca sentiu antes, não sabe explicar. Não. É algo meio insano, que lhe faz inventar mentiras e largar o trabalho no meio da tarde. Algo que lhe faz soltar o cabelo, deixar o sutiã na bolsa e sair no meio dessa chuva louca. Ai, e essa chuva... Sua vida era tão certa e hoje tudo é tão imprevisível. Mas ao mesmo tempo você tem raiva dele, por invadir assim seu espaço, virando seus dias de cabeça para baixo, ele não tinha o direito, não tinha. Não. Sim, ele tinha.

Ahnn... mas e a ética, como fica? Afinal, você tem namorado. E você o ama. Bem, na verdade talvez não o ame como achava que amava. Sim, pois se amasse não desejaria esse homem assim. Ou não? Ou o amor nada tem a ver com o desejo? Se os homens são capazes, por que você não seria também? Uma mulher pode entregar-se a um homem, uma vez só, e voltar para outro, como se nada tivesse acontecido? Como uma chuva que vem de repente e depois já passou? Sim, pode, você mesma responde, surpresa com a própria determinação. Pode voltar, sim, mas não como se nada houvesse acontecido, pois sempre terá acontecido, sempre... – você completa, olhando seu sorriso estranho no retrovisor. Você lembra da última briga, um dia antes, e então seu pé pisa mais fundo no acelerador, sim. E a chuva aumenta. Sim. Não. Não se trata de vingança, nada disso. É só a velocidade do desejo. Não. Na verdade, é mais que isso. É uma necessidade. Sim. Você tem de encontrá-lo. Você precisa. Sim. É a única coisa que importa agora.

Em frente ao prédio dele, dentro do carro, você inventa mil coisas para se dar mais um tempo para pensar. Olha a chuva lá fora, ajeita o espelho, sente o ar abafado dentro do carro, é como estar numa gruta úmida... Então finalmente pega o celular. E liga. E deixa chamar uma vez. E desliga. Agora só tem de aguardar alguns segundos, só isso. Mas não são alguns segundos – é um século! Um século inteiro de dúvida e angústia, onde razão e desejo vêm se chocar em sua alma feito as gotas da chuva que batem no vidro, uma gota sussurrando sim e a outra gota gritando não, sim e não, não e sim...

Lógico que não! Súbito você se dá conta do absurdo. Claro que não. O que está fazendo? Esperando por um homem que mal conhece? Para quê? O que lhe dirá? Que largou o trabalho no meio dessa tempestade só para lhe desejar boa tarde? O que ele vai pensar? Vai pensar que é louca, claro. De repente tudo fica límpido como um dia de sol. Não, não vale a pena se arriscar tanto por algo que não tem chance de dar certo, não, alguém que você não sabe quem realmente é, não, alguém que semana que vem irá embora, alguém que...

A porta se abre, porém. E ele entra depressa, sentando no banco ao seu lado. Todo molhado, rindo, parece um menino travesso. E você dá de cara com aqueles olhos, aquele sorriso... Meu Deus, você pensa, me ajude, por favor me ajude... Mas seu deus não pode ajudar, não com essa chuva toda. Não. Ele então se aproxima, estende a mão e delicadamente toca seu rosto. Não é mais um menino travesso, é um homem, essa mão é de homem, esse cheiro é de homem, você sabe, o seu corpo sabe. Então tudo que não podia acontecer, acontece: uma gota dágua escorre... da mão dele... para dentro... de seu decote. Sim. Você a sente deslizar... pelo contorno do seio... devagar... cada pelinho acusando... a passagem da gota. Não. Enquanto a gota prossegue em seu íntimo percurso, você fecha os olhos, um arrepio na alma inteira. Sim. Você quer morrer só para não ter que decidir. Você se controla para não abrir a porta e sair correndo, uma louca gritando na tempestade. Você quase explodindo, esticada entre o sim e o não, o não e o sim... Não. Não, você não abre a porta. Nem grita. Nem poderia. Porque os lábios dele, molhados e quentes, tocam os seus e toda dúvida se desmancha em sua boca. E da vida previsível faz-se a aventura. Não mais que de repente.

Vingativas

WUHMMM... WUHMMMPPFFF... Foi o som abafado de sua própria voz que o despertou... aos poucos... como se voltasse de um lugar longe... muito longe... Ele abriu os olhos. E tudo que viu foi escuridão. Onde estava? Sentia-se zonzo. Tentou se mover mas não pôde, tinha os braços e pernas presos. Então percebeu que estava deitado numa cama, amarrado com cordas. E nu. Estava nu! E uma mordaça na boca. Mas... que diabos de pesadelo era aquele? O que estava acontecendo?

Imediatamente tentou lembrar dos últimos acontecimentos. A festa de lançamento de seu filme *Vingativas*, as tevês entrevistando-o, as fãs gritando e pedindo autógrafos... Depois a boate, as garotas da cidade brigando por uma foto ao lado do ator principal... Ele até tentou atender a todas, mas era impossível. E depois... depois... nada. Não lembrava de mais nada.

Lentamente a escuridão se dissipou. Apesar da confusão mental, percebeu que estava num quarto de hotel. Mas não era o seu quarto. Pela janela aberta podia ver o céu, as luzes da cidade... E ele amarrado na cama, nu. Mas que diabos, quem teria feito... Nesse momento uma forte luz o atingiu em cheio, cegando-o. Demorou alguns segundos até entender que a luz vinha do banheiro. E na porta, a silhueta de uma... mulher.

Linda noite para uma vingança, não? – ela falou, e caminhou calmamente em direção à cama. Por um instante ele teve a sensação de que já vivera aquele momento, aquela frase... A mulher ajoelhou-se ao seu lado na cama e só então pôde vê-la melhor... Era uma garota morena e tudo que vestia era uma... máscara preta. E segurava uma taça. Na taça um líquido vermelho. Não, não a conhecia. Mas havia algo familiar em tudo aquilo...

Imagem, ação! A voz veio do lado oposto do quarto. Havia outra mulher! E ela aproximou-se devagar. Era uma garota loira, também estava nua e usava máscara preta. E segurava algo... uma pequena câmera. Ela estava filmando! Ele tentou se soltar mais uma vez, mas não conseguiu. De repente sentiu um líquido frio sobre seu pênis... A morena pingava vinho sobre ele. Lembrou da boate, teriam posto algo em sua bebida? Mas o pensamento não prosseguiu pois a morena reclinou a cabeça, afastando os cabelos, e passou a lambê-lo. O contato da língua morna contrastou com o frio do vinho e ele fechou os olhos, sentindo o arrepio lhe percorrer o corpo inteiro, sentindo-se ser engolido pela boca ágil e macia. Tentou manter-se atento, mas no centro de seu ser pequenas ondas de prazer se formavam e vinham dar na praia dos sentidos, inundando o pensamento.

A luz que vinha do banheiro enquadrava certeiramente a cama, iluminando seu corpo nu. Sentia-se exposto como uma tela de cinema. A loira posicionou-se com a câmera de forma a aproveitar o máximo da luz. A morena então virou-se de frente para ele e passou uma perna sobre seu corpo. Ele duvidou que fosse acontecer o que imaginava. Mas foi o que aconteceu. Devagar, ela desceu sobre o pênis duro, devagar, enterrando tudo dentro dela. Em rápidos movimentos, ela subiu e desceu, desceu e subiu, e o vai e vem de seu corpo acionou novamente as ondas de prazer. E foi assim, no balanço das ondas cada vez mais fortes, que ele viu a garota fechar os olhos, estremecer e cravar as unhas em seu peito. E urrar feito bicho.

Nem bem a morena se recuperou, a outra rapidamente posicionou a câmera sobre a mesa, ajustou o enquadramento e foi para a cama. As duas mascaradas agora brincavam com seu pênis, uma oferecendo à outra, como se fosse um sorvete irresistível, as duas saboreando-o de uma só vez, ele nas duas bocas ao mesmo tempo, entrando e saindo, saindo e entrando... Então ele finalmente lembrou: a cena do seu filme! A mesma cena! Duas mulheres que raptam um ator famoso e, como vingança por ele tê-las desprezado, levam-no a um hotel, amarram-no, aproveitam-se bastante dele e no fim... o castram. Elas o castram! A ficção de *Vingativas* se tornava real! E foi assim, dividido entre o terror e o êxtase, que ele sentiu as ondas se transformando num tsunami que rapidamente percorreu o interior de seu corpo, afunilou abaixo da cintura, comprimiu-se e, finalmente, lançou-se num forte jato sobre as duas bocas. E ele viu as bocas sorverem todo o líquido que jorrava, com avidez, urgente, como se fosse a última água do deserto. Seus olhos teimavam em se fechar,

INDECÊNCIAS PARA O FIM DE TARDE

mas ele viu quando a fonte secou e, então, as bocas se uniram num longo beijo, dividindo o líquido entre elas.

Enquanto ele arfava, sentindo as ondas se acalmarem dentro de si, elas se vestiram em silêncio e saíram. Ele pensou em chamá-las, mas não teve forças, ainda estava zonzo. Que loucura, que loucura..., pensou, fechando os olhos e engolindo a saliva seca, o coração ainda batendo forte, tum-tum-tum... Não, os amigos jamais acreditariam naquilo, nem que jurasse de pé junto. Ele vivera a cena de seu próprio filme, a mesmíssima cena, que coisa... Bem, só o final mudara. Felizmente para melhor. Ele sorriu e somente então abriu os olhos. E ficou sério. A morena estava de volta. Em pé, ao lado da cama. Olhando para ele com um sorriso estranho. E algo reluzia em sua mão... Uma faca! Foi tudo bem rápido. Num movimento certeiro ela aproximou-se, encostou a faca e... zapt!, cortou a corda de um dos braços. E foi embora. Para sempre.

O desejo da Deusa

– AÍ EU FICO PENSANDO o que Deus vai pensar de mim! – Zoé respondeu, angustiada. E Monquita balançou a cabeça, sem acreditar, como a amiga podia ser tão reprimida?

O céu de Jericoacoara parecia um manto negro cravejado de lantejoulas, tantas as estrelas, tão brilhantes eram. Zoé olhou para elas e, mesmo sabendo que a noite estava linda, não conseguia ver nenhuma beleza. Ela suspirou, desanimada. Estava em apuros. Uma parte sua ansiava pelo moço, mas a outra parte se aterrorizava diante de tal ânsia...

O moço. Ela o conhecera na noite anterior, no ônibus que os levaria a Jericoacoara: ele sentou na poltrona ao lado, entre eles apenas o vazio do corredor. O moço era jovem, moreno, bonito, tinha uns olhinhos verdes... Parecia tímido e isso lhe dava um certo charme. E a observava! Discretamente, sim, mas não tanto que ela não pudesse perceber.

– Essa viagem promete, heim...

Era a amiga Monquita, lhe beliscando o braço.

– Sua boba. Ele é bem mais novo que eu.

– Pronto. Já começou a se boicotar...

Ela pensou em retrucar, mas desistiu. Estava cansada, queria aproveitar as próximas horas de estrada para dormir. E foi o que fez.

Acordou somente para a troca de carros, na cidadezinha de Jijoca. E foi enquanto passavam as mochilas para a caminhonete que ela soube que em Jericoacoara o moço se hospedaria na mesma pousada onde elas ficariam, que coincidência...

– Nada de coincidência – a amiga brincou. – Já te falei que em Jeri o mar de repente aparece... e tudo acontece.

– Fala baixo, Monquita! – ela a repreendeu, e tratou de sentar no último banco, bem longe do moço.

– Eu vi como os teus olhos brilhavam quando você olhava para ele – continuou a amiga, sentando ao lado. – Pareciam dois faróis!

– Tá bom. Agora te aquieta aí e vamos aproveitar a paisagem.

Mas foi inútil. Durante o trajeto pelas dunas, sob o céu estrelado do litoral cearense, teve que escutar mais uma vez a amiga a lembrar-lhe: ela era uma mulher de quarenta anos, separada, bonita, livre e não tinha que prestar satisfação a ninguém das coisas que fazia. Para Zoé, porém, não era assim tão simples. Sim, ela agora era uma mulher separada, mas acontece que sempre que se interessava por um homem, era como se toda a sua educação cristã de repente lhe pesasse sobre os ombros e aí era impossível fugir do olhar implacável de Deus...

– Ele está a dois quartos do nosso, você viu? – perguntou a amiga, enquanto trocavam de roupa, já no quarto da pousada.

– E daí? – respondeu Zoé, séria.

– Ih, relaxa, amiga. Este fim de semana é pra gente se divertir.

– Você sabe que eu fico nervosa com essas coisas, tô destreinada...

– Tá bom. Mas pelo menos põe um sorriso nessa cara, vai.

Zoé sorriu. A amiga tinha razão, precisava relaxar.

Escolheram um bar com música ao vivo. Logo na entrada, porém, Zoé ficou séria novamente. Lá dentro, em frente ao pequeno palco onde tocava uma banda de rock, o motivo de sua seriedade tomava uma cerveja.

– Hummm, acho que a Deusa tá querendo acasalar gente...

– Fala baixo, sua louca!

Monquita a puxou pelo braço e no instante seguinte estavam encostadas no balcão. Enquanto a amiga pedia duas caipiroscas, ela tentava se esconder do moço.

– Zoé, você tá parecendo uma adolescente idiota...

Ela riu de nervosismo e teve que admitir para si mesma: de fato, comportava-se como uma garota boba de quinze anos, e nem sua filha, um ano mais nova, agia assim. Como um desconhecido podia deixá-la tão nervosa daquele jeito?

A amiga havia ido ao banheiro quando, de repente, escutou a voz atrás de si:

– Legal esse bar, né?

Zoé virou-se e lá estava ele, o moço, bem à sua frente, ao alcance de seu braço, sorrindo para ela o sorriso tímido mais doce do mundo. E de repente ela sentiu um tremor em alguma parte não localizada de seu corpo.

– Se incomoda se eu... ahn... ficar aqui... com você?

A primeira coisa que lhe passou pela cabeça foi correr para o banheiro. Depois pensou em fingir que era surda. Por fim, procurando ser o mais natural possível, respondeu:

– Obriga-gada... mas eu... eu... tô aqui guardando a ca-caipirosca da minha amiga.

Hummm, que resposta ridícula, ela mesma reconheceu, já corando de vergonha. Mas agora era tarde, já falara. E ainda havia conseguido gaguejar três vezes numa única frase. Então sorriu, tentando relaxar. Mas o esforço pelo sorriso foi tamanho que no segundo seguinte ela estava séria novamente. Concentrou-se um pouco mais e conseguiu sorrir de novo. Mas imediatamente teve a certeza de que sorria o sorriso mais desajeitado da história da humanidade e desistiu de vez daquele negócio de sorrir. Pegou o copo no balcão e fingiu que dava um gole na bebida, qualquer coisa para não ficar ali olhando para ele, naquele silêncio constrangedor, os olhinhos dele... tão lindos... verdes como o mar de Jeri...

Como se houvesse cansado de esperar, o moço virou-se e saiu. Ela suspirou, aliviada – e ao mesmo tempo arrasada. De repente, a imagem do moço se afastando era a imagem viva de sua incompetência para ser feliz... Que droga! Tudo que precisava era obedecer a seu corpo e dizer sim, apenas isso, ela sabia... Mas por que era tão difícil? Por que a felicidade do corpo tinha de ser pecado?

Na volta para a pousada, a escuridão das ruelas de areia a fazia sentir-se num labirinto. Mas o labirinto na verdade estava dentro dela própria, ela sabia, corredores e curvas a levá-la sempre ao mesmo lugar: aquela maldita sensação de culpa. Onde ficava a saída? Por que se sentia tão suja por desejar um desconhecido?

A voz de Monquita a salvou do labirinto:

– Seu azar, minha filha, é que ele é tímido. Se fosse mais safado, tinha te agarrado ali mesmo no balcão.

– Tenho certeza que ele me acha uma débil mental.

– Acho que não. Ele apenas não entendeu o que uma freira fazia num bar de reggae...

– O que você faria no meu lugar?

– Eu? Eu já tinha arrastado ele pro quarto e lhe mostrado o que a Filha da Deusa tem.

– Ai, Monquita... eu até que tenho vontade, juro... mas aí eu fico pensando...

– Fica pensando o quê, mulher?

– Aí eu fico pensando o que Deus vai pensar de mim! – Zoé respondeu, angustiada.

Monquita balançou a cabeça, sem acreditar, como a amiga podia ser tão reprimida?

– Que deus é esse que é contra você se dar um pouco de prazer?

De volta à pousada, ela trocou de roupa, jogou-se na cama e fechou os olhos, querendo apenas dormir, apagar. Fugir de si mesma. Sumir.

Pelo corredor da igreja cheia de gente ela caminhou, até chegar ao altar, e quando se preparava para receber o anel em seu dedo, das mãos de um noivo mascarado, deu-se conta de que estava nua, inteiramente nua, e correu para trás do altar, tentando se esconder, mas a toalha do altar era curta demais e não cobria sua nudez...

No quintal da pousada, sentada no banquinho sob a goiabeira, enquanto aguardava a amiga sair do banho, Zoé ainda podia sentir vívidas as sensações do sonho que tivera aquela noite, ela nua em seu próprio casamento, morrendo de vergonha...

Aceitara o convite de Monquita para passar o fim de semana em Jericoacoara e esquecer a chatice do processo de divórcio, mas até então tudo que conseguira foi mostrar para si própria o quanto não era nada da mulher livre que imaginava que podia ser. Nem mesmo em sonho.

Nesse momento, ela o viu. O moço saía de seu quarto e, vestido apenas com uma sunga preta, parou à porta ainda sonolento e despenteado, esticou os braços e se espreguiçou, dobrando o corpo para um lado, depois para o outro, girando o tronco, o pescoço...

Não era tão forte mas tinha um corpo bonito. Zoé sentiu o coração disparar enquanto o moço seguia em direção ao lugar onde o café era servido, caminhando descalço e devagar, de um jeito bonito, uma elegância displicente, parecia um felino...

Foi como se o tempo parasse para ela olhar. Olhar e sentir o calor na coxa, aquela antiga sensação... um arrepio a lhe fuçar por dentro, sem pedir licença... Ela levou a mão para o meio das pernas e apertou uma contra a outra, e fechou os olhos, deixando que a sensação guiasse sua mente por aqueles caminhos que ela já esquecera que existiam...

Mas logo abriu os olhos, assustada com a intensidade das sensações. E saiu apressada para o quarto.

– Monquita, eu imaginei tanta coisa naquele tempinho... – ela comentou na praia, enquanto saboreavam peixe frito e cerveja.

– Aposto que ele também já imaginou. Garçom, mais uma, faz favor.

– Ah, tanta menina novinha por aí, o que ele pôde ter visto em mim?

– Ele viu a loba, amiga. Ele viu a loba.

Zoé riu da amiga, ela e seu jeito estranho e divertido de ver a vida daquele jeito pagão, sempre falando em Deusa, em bichos, forças da Natureza...

No meio da tarde as duas subiram para a pousada e Monquita adormeceu logo. Mas Zoé não conseguiu dormir, possuída por um turbilhão de sensações e pensamentos, tudo se misturando, o desejo ardente, o medo, o calor nas coxas, o desejo, a vergonha, a culpa, o desejo... Quando não suportou mais, levantou-se e foi tomar um banho frio. Depois botou um vestido leve de algodão com alcinhas, amarelo para realçar o bronzeado recém-adquirido. Sair, caminhar. Ver o pôr do sol. Talvez fizesse bem.

Quando deixava o quarto, com cuidado para não acordar a amiga, lembrou que estava de cabelo preso. Retirou a presilha e sentiu o cabelo pousar sobre os ombros nus. E reparou que desde que chegaram a Jeri, aquela era a primeira vez que soltava o cabelo.

Na curva da ruazinha de areia... ele surgiu. Ele sempre surgindo assim de repente, seria seu pensamento que o atraía? Quase esbarraram um no outro. Parada à frente dele, não soube o que dizer nem o que fazer. Sentiu o rosto corar e imediatamente se arrependeu de ter saído sozinha. Mas nada fez. Tudo que conseguia fazer era continuar olhando para o moço bonito de sunga que olhava para ela, igualmente desconcertado, o moço dos olhos verdes, o mar nos olhos dele, o murmúrio do mar chamando, convidando...

Quando deu por si, já caminhavam lado a lado, descendo para a praia, sem falar nada. O céu estava um tanto nublado e começava a soprar um ventinho frio.

Finalmente, conseguiu falar alguma coisa: propôs um café. Ele gostou da ideia e pouco depois, já na praia, paravam na barraquinha de uma simpática senhora, que lhes serviu dois cafés em copo descartável. Ela deu o primeiro gole mas o café estava muito quente e pôs o copo sobre o balcão. Enquanto ele fazia o mesmo, ela aproveitou e olhou para ele, e achou lindo seu jeito tímido, e passeou os olhos por sobre seu corpo bonito, a pele morena, os ombros largos, o peito com pouco pelo, os braços, o tórax, as coxas... E por trás dele a imagem do mar, feito uma moldura, o mar de repente aparece e tudo acontece...

Então sentiu. O velho peso. Aquela conhecida e terrível sensação de peso, que subitamente vinha e a tornava incapaz. A velha sensação de culpa e pecado tomando conta de sua alma, feito uma sombra vinda do alto. Ela fechou os olhos, apavorada, como se fugisse dos olhos de Deus.

Mas já era tarde. Aconteceria de novo, mais uma vez, logo agora que estava tão perto...

Dessa vez, porém, foi diferente.

– Não.

Foi apenas um murmúrio a escapulir de sua boca, que nem ela mesma escutou. Um murmúrio feito de uma curta e única palavrinha anasalada, dita mais para dentro que para fora, sem força, sem ênfase, o último fiapo de resistência: não. Mas nessa palavrinha estava expressa toda a sua certeza de que não, ela não queria mais aquilo. Não. Ela agora queria ser livre. Ela agora queria ser ela, a verdadeira Zoé. Não a Zoé que durante todos aqueles anos vivera sufocada, amarrada, presa numa cela escura de sua própria alma, não essa Zoé, e sim a que nascera para ser feliz. Mas não a felicidade que a família e a religião de seus pais reservaram para ela, feito uma linda roupinha de bebê. Não, não essa Zoé. A outra. A outra que nunca pudera ser, mas que sempre se mantivera viva em algum lugar dela mesma, respirando por um canudo no fundo do lago, sobrevivendo das migalhas de sua esperança e matando a sede com as próprias lágrimas. Queria agora a outra Zoé, a que agora recusava a linda roupinha a ela reservada, que rasgava a linda roupinha. A Zoé que agora estava nua, pela primeira vez na vida.

– Não.

A rajada de vento foi repentina. E foi tão forte que virou o copo do balcão, fazendo o café derramar sobre ela, atingindo-lhe a barriga e a cintura. Ela gritou, abrindo os olhos assustada e sentindo o líquido fervente queimar sua pele. A senhora da barraca, preocupada, apontou a torneira ao lado e disse que ela pusesse logo água no local, rápido. O moço, assustado, saiu correndo e voltou no instante seguinte trazendo um balde com água.

Tudo foi muito de repente, tanto que Zoé só se deu conta do que fazia quando já estava fazendo: a mão erguendo o vestido, o moço jogando água sobre a pele avermelhada, a sensação da água fria sobre a pele quente, o vestido amarelo e molhado grudando-se às suas coxas, a transparência da roupa revelando a calcinha branca...

– Pronto, pronto, acho que já tá bom... – ela interrompeu, dando um passo para trás, subitamente envergonhada. – Não queimou tanto.

– Quer ir na pousada trocar de roupa? – o moço perguntou, preocupado.

A senhora da barraca ofereceu uma sombrinha, pode precisar, a noite tá com cara de chuva. E assim saíram, ele tenso e silencioso e ela disfarçando com a sombrinha o vestido agora transparente, e torcendo para chegarem antes da chuva.

Mas não chegaram. No meio do caminho a água desceu forte e tiveram que abrir a sombrinha. Foi assim, debaixo da sombrinha, os corpos molhados e juntinhos, que os dois percorreram as ruazinhas de terra, enquanto toda a água do mundo desabava sobre eles. Foi assim que, de repente, o mundo ao redor desapareceu e tudo que existia era o corpo quente do moço e o seu, juntinhos, como se fosse um corpo só. E foi assim, sem ter mais qualquer controle sobre si mesma, sem saber o que estava fazendo e muito menos o que devia fazer, sem saber mais de nada, que ela sentiu as pernas fraquejarem e parou, temendo cair, e ele largou a sombrinha e a amparou em seus braços.

Aconteceu ali mesmo, na areia, na parte mais escura do beco. Mais tarde ela não saberia contar com exatidão mas lembraria que ele a puxou e ambos caíram na areia, em meio a abraços e beijos incontidos. Ou não, talvez tenha sido ela quem o puxou. Depois ele rasgou seu vestido e bebeu a água da chuva diretamente em seus seios, feito um andarilho à beira da morte que encontra a fonte da vida. Ou não, talvez ela é quem rasgou o vestido e lhe ofereceu os seios, mulher bondosa que dá de beber ao viajante sedento. Depois ela o deitou na areia e montou sobre ele. Ou não, isso foi depois dela pôr-se de quatro e ordenar, rangendo os dentes, rosnando feito um bicho, vem logo! E depois, e depois... Bem, depois só lembra de senti-lo lá dentro, bem lá dentro, inteira e maravilhosamente lá dentro de si, enquanto se sentia perfeitamente harmonizada com toda a Natureza, e suas lágrimas se misturavam à água da chuva, e de sua boca se libertavam longos gemidos em forma de uivos, anunciando o prazer mais lindo e mais louco e mais intenso que jamais tivera em toda a vida.

– Não... isso não aconteceu... isso não aconteceu...

Monquita, que fora acordada aos puxões pela amiga e que escutara todo o relato em silêncio, agora tinha os olhos arregalados e estava pasmada, sem acreditar no que ouvia. Sentada ao seu lado na cama, num vestido rasgado e ensopado, os cabelos pingando água sobre a cama, Zoé estava radiante, iluminada, os olhos brilhando...

– Aconteceu sim, Monquita! Olha como eu tô! Olha aqui a queimadura.

Ela virou-se para a amiga ver na coxa a marca deixada pelo café fervente. E a amiga ficou ainda mais impressionada.

– Zoé... A Deusa te batizou com fogo!

Batizada com fogo. Zoé achou engraçada a expressão. E contou do momento em que, em sua angustiada luta contra a sensação de culpa, no segundo final de sua resistência, implorou com todas as forças que lhe restavam para que algo acontecesse...

– E aí a Deusa te acudiu.

– Não sei quem foi. Só sei que algo me ajudou derrubando aquele copo.

– Ela te mandou o Vento. Pra derrubar as defesas.

– Bendito vento.

– Depois mandou o Fogo, pra te batizar. Depois a Água pra te limpar. E, por fim, a Terra pra te acolher. Acolher a oferenda de vocês... o casamento sagrado...

– Quer saber mais? Ele me convidou pra dormir com ele.

– A amiga ainda tem disposição?

– Como você mesma diz, ele despertou a loba, agora que aguente... – brincou Zoé, rindo à solta.

Sentia-se tão leve... Parecia que se libertara de um peso imenso e, ao mesmo tempo, sentia-se preenchida, maravilhosamente preenchida. Tudo que sabia era que acontecera, apesar de todos os seus medos e culpas e resistências, apesar da timidez dele, apesar de Deus, apesar de tudo. Acontecera. E agora ela era outra Zoé. Zoé de Jeri. Renascida pelo Vento. Batizada pelo Fogo. Limpa pela Água. Acolhida pela Terra.

É, talvez Monquita tivesse razão. Só mesmo uma divindade feminina para fazer tudo aquilo com tamanho jeitinho...

A torta de chocolate

FOI EM SUA FESTA DE ANIVERSÁRIO de dez anos. Celina havia distribuído os pedaços da torta de chocolate entre os parentes e amigos e agora comia feliz o seu pedaço. Ela sentiu a torta se desmanchando em sua boca, o doce meio amargo do chocolate, a saliva se misturando à torta, envolvendo, dissolvendo...

Muitas outras vezes sentira aquela mesma sensação maravilhosa, aquele mesmo deixar-se flutuar pelos céus do sabor, o prazer incomparável... Mas dessa vez foi diferente. Houve uma outra sensação, que surgiu como uma onda suave, nascendo em algum lugar indefinido do corpo e avançando por todos os lados ao mesmo tempo, uma onda trazendo outra atrás dela, várias ondas que se espalham e vão se espalhando, invadindo, preenchendo, assustando, enquanto o coração se acelera, a respiração fica ofegante...

Foi ali mesmo na sala, em pé ao lado da mesa e em frente a todo mundo, ali mesmo, saboreando o último pedaço da torta de chocolate, que Celina teve o primeiro orgasmo de sua vida.

O que começou naquele dia, aos dez anos, prosseguiu naturalmente, fazendo Celina experimentar orgasmos sempre que comia uma saborosa torta de chocolate. Nesse instante, a experiência se repetia e ela se sentia misturar ao próprio pedaço de torta que comia, o chocolate irresistível, a saliva tomando sua boca inteira, o coração a bater forte, aquele calor interior, a vista escurecendo, as pernas fraquejando...

Foram muitas tortas maravilhosas, incontáveis. Algumas, porém, se tornaram inesquecíveis. Aquela do aniversário, por exemplo, era a mais cara da padaria do seo Nuno, tanto que o pai só comprava em datas especiais. Mas às vezes ele cedia à insistência da filha e chegava do trabalho trazendo a surpresa mais que aguardada, que serviria de sobremesa para os jantares seguintes. O primeiro pedaço Celina comia na mesa, junto com o pai e a mãe, mas sempre de forma contida.

Era o segundo pedaço o especial, esse sim, que ela comia de madrugada, os pais já dormindo. A menina Celina caminhava silenciosamente até a geladeira, de camisola e pantufas de coelhinho, pegava um grande pedaço e se trancava com ele no quarto, e lá, deitadinha na cama, afastava as bonecas de pano e, esquecida do mundo e de si mesma, entre doces murmúrios de languidez, deliciava-se entre seus múltiplos orgasmos de chocolate.

Depois, na adolescência, Celina conheceu outras tortas, como a do novo colégio, que tinha pedaços de morango, era uma delícia, mas que precisava comer trancada num boxe do banheiro para poder gozar sossegada. Mais tarde, conheceu a do café do Cine Gazeta, uma torta divina, com uva e leite condensado, que por semanas seguidas lhe proporcionou públicos orgasmos após a sessão de arte, ela sentadinha na mesa do canto, ao lado dos pôsteres dos filmes, sozinha, as coxas roçando uma na outra por baixo da mesa, os olhinhos revirados por trás do óculos escuro.

Um dia, conversando com uma amiga da faculdade de publicidade, contou que sentia prazer quando transava, sim, mas que não se comparava ao prazer que lhe davam suas tortas queridas. Aquilo era normal? Teria ela algum distúrbio sexual? A amiga riu muito e lhe sugeriu ir a uma sex shop.

Dias depois Celina chegou em casa com uma caixinha comprida de papelão, embrulhada para presente, que guardou no congelador da geladeira. À noite, após tomar banho, trancou-se no quarto e pôs uma musiquinha suave para tocar. Depois penteou-se vagarosamente diante do espelho e tirou a roupa. Ajoelhada sobre a cama, abriu a caixinha e desembrulhou do papel alumínio um pau todo de chocolate, maciço, ainda gelado, vinte centímetros de comprimento, cinco de espessura.

Durante algum tempo ela não conseguiu deixar de olhar para o objeto marrom em sua mão. Era lindo, perfeito, imponente... e absolutamente irresistível. Deu-lhe uma leve lambida com a ponta da língua e o gosto do chocolate fez seu corpo inteiro se arrepiar. Depois lambeu a partir da base, a língua percorrendo devagarinho toda a extensão do objeto, até chegar à cabeça, que pôs inteira na boca, detonando uma explosão de saliva.

Então deitou-se e abriu as pernas. E segundos depois o pau de chocolate estava todo dentro de sua buceta, indo e vindo, derretendo-se, misturando-se aos seus fluidos... E quando o gozo chegou, ela retirou o pau dentro de si e levou à boca, e comeu com sofreguidão, enquanto novas ondas de prazer surgiam dentro dela, uma após outra, e outra de novo, e quando tudo terminou, Celina só teve forças para virar de lado e adormecer, vencida pelos tantos orgasmos, o corpo, o cabelo, o lençol, tudo lambuzado de chocolate.

Um pau de chocolate era delicioso. Mas não era uma torta de chocolate. Pena que não existiam paus de torta de chocolate, lamentava--se Celina.

Um dia veio-lhe a revelação. Foi enquanto comia um pedaço de torta na confeitaria. No momento em que sentia a torta se desmanchando na boca, ela pensou em como se sentiria a torta naquele exatíssimo instante. Como seria ser cortada, estripada, dilacerada e depois devorada, sem compaixão, inteiramente devorada, até o último pedaço, devorada até que nada mais restasse?

A partir daí, por várias vezes julgou ter chegado bem perto da resposta, da sensação exata, quase pôde sentir o que a torta sentia, quase... Mas no último instante algo sempre lhe escapava, como um gosto que se perde na boca e não mais se encontra.

Até que um dia teve a ideia. Uma ideia perfeita. Mas que necessitava de um plano igualmente perfeito. E ela começou a arquitetar seu plano, passo a passo, com muita paciência.

Primeiro, entrou numa comunidade virtual de adoradores de torta de chocolate. Conheceu lá muitas outras pessoas que, como ela, sabiam exatamente o que vinha a ser esse louco arrebatamento provocado por um pedaço de torta de chocolate se desfazendo na boca. Ali na comunidade as experiências eram todas compartilhadas e Celina aprendeu novas receitas e soube de outros lugares onde poderia degustar uma boa torta.

Como a associação entre chocolate e prazer sexual era um tema recorrente nas conversas, foi fácil para ela pesquisar sem revelar sua estranha condição e chegar à conclusão da qual já desconfiava: somente ela era capaz de ter orgasmos apenas comendo um pedaço de torta. Celina adorou saber disso. Decididamente, era uma mulher muito especial.

Mas não era essa constatação o objetivo principal do plano.

Meses depois participou do encontro da comunidade, num piquenique realizado no parque da cidade. Lá conheceu pessoalmente vários membros do grupo, fez amizades e, é claro, provou de todas as tortas levadas pelos novos amigos, todas deliciosas, sim, e em vários momentos Celina precisou de boa dose de autocontrole para não gozar ali mesmo, sentada na grama do parque, entre uma dúzia de pessoas que acabara de conhecer. Preferiu manter seu segredo.

O dia marcado para a execução da parte final do plano foi um sábado, seis meses após seu ingresso na comunidade. Uma estratégica espera de seis meses.

Os convidados chegaram em seu apartamento no fim da tarde e Celina os recebeu com alegre hospitalidade. Eram três homens, os três que ela escolhera, com cuidado e paciência, após tê-los conhecido pessoalmente nos encontros da comunidade. Os três mais interessantes.

Ela serviu suco e refrigerante e avisou que a torta que ela mesmo preparara seria servida após o filme. Dito isso, ligou o DVD e começaram a ver um documentário sobre... tortas de chocolate, claro, que mostrava a história da iguaria, suas variadas versões, as receitas, os clubes de amantes de tortas de chocolate e até os torneios que eram realizados para eleger as melhores tortas do mundo.

Quando o filme terminou, Celina podia escutar o som da saliva estalando na boca dos convidados: como ela calculara, já estavam todos famintos. Um deles perguntou sobre a torta e ela pediu um pouco mais de paciência pois queria mostrar um outro filme, este sobre o preparo da torta vencedora do último concurso realizado. E assim, por mais uma hora, os convidados de Celina assistiram a um bombardeio de cenas de torta de chocolate, e a cada imagem ela podia escutar os suspiros de absoluto encanto dos três homens.

Quando terminou, ela acendeu a luz da sala e viu no rosto de todos eles o mais puro e genuíno olhar da fome. Celina sorriu por dentro: estavam no ponto.

Então pediu que ficassem ali na sala, que num minuto ela os chamaria para finalmente comer. E eles obedeceram, esfregando as mãos, lambendo os lábios, salivando...

Quando a voz de Celina os chamou, os três homens se dirigiram à cozinha, mas quando lá chegaram, nada viram. Onde estava a torta? E Celina, para onde fora?

Aqui! – era a voz dela, e vinha do quarto. Eles riram da brincadeira da amiga e foram para lá. E quando chegaram, viram algo incrível. A luz do quarto estava apagada e do banheiro vinha uma fraca luz que envolvia de penumbra o ambiente. E na cama, sobre o lençol branco, repousava... uma imensa torta de chocolate, de três níveis, uma de chocolate preto, outra de chocolate branco e outra de brigadeiro com uvas vermelhas e chantilly.

Durante algum tempo eles ali ficaram, em pé à entrada do quarto, olhando para o inacreditável objeto disposto sobre a cama. Não havia qualquer dúvida: era a torta mais linda, mais inconcebivelmente perfeita que jamais veriam em toda a vida. Foi quando, de repente, a silhueta de alguém surgiu no vão da porta do banheiro. Era Celina. Nua. Inteiramente nua.

Ela manteve-se lá por um longo minuto, enquanto passeava a mão pelo próprio corpo, acariciando-se languidamente. Depois saiu caminhando, passou bem perto dos três homens e deu a volta na cama, parando do outro lado. E eles continuaram do mesmo jeito, imóveis, sem sequer piscar o olho.

Celina subiu na cama e, de pé, posicionou-se de costas para eles, as mãos na cintura. Depois pôs um pé de cada lado da torta e ficou assim, de pé e de costas, as pernas abertas, a torta entre elas. Os três homens olhavam pasmados, sem acreditar e sem conseguir desviar os olhos da cena. Celina então pôs uma mão em cada joelho, dobrou as pernas e foi descendo... descendo lentamente... a bunda se aproximando da torta, se aproximando... a brancura de sua bunda contrastando com o marrom do chocolate... descendo devagarinho...

Então ela parou, sua bunda como que suspensa no ar, pouco acima da torta. Durante aqueles intermináveis segundos, a bunda de Celina, aberta logo acima da torta, era uma imagem tão absurda que nenhum dos três conseguiu dizer qualquer palavra, como se estivessem aguardando tão somente que a realidade voltasse ao normal e no instante seguinte finalmente entendessem que tudo não passara de uma alucinação coletiva.

Subitamente, Celina deixou-se cair. E a realidade de sua bunda despencando sobre a torta, afundando por entre o chocolate, enterrando-se como uma grande cereja no alto do bolo, era real demais para ser suportada. Os três homens então avançaram, enquanto a bunda de Celina prosseguia deslizando sobre a torta, mexendo-se em movimentos circulares, o chocolate grudando-se à sua pele, espalhando-se pelas nádegas, depois pela cintura, as pernas, os braços, os seios...

Instantes depois, Celina sentia seis mãos que mais pareciam doze a deslizar sobre seu corpo, e ela se sentiu apalpada, agarrada e puxada de um lado para outro como se cada mão quisesse ficar com um pedaço, e depois foram as bocas a experimentá-la, e ela se sentiu lambida, mordida e comida, três bocas fartando-se de seu corpochocolate, e depois, na mistura dos corpos lambuzados, ela sentiu-se preenchida ao mesmo tempo por três carnudos e pulsantes paus achocolatados que, feito colheres enlouquecidas, chafurdaram em seu interior, indo e voltando, entrando e saindo, enchendo-a e esvaziando-a, mais rápido, com força, mais rápido ainda, com mais força, até que o gozo chegou, intenso e avassalador, e no derradeiro pensamento que teve antes de desfalecer de tanto prazer, Celina sorriu em paz, pois finalmente não apenas entendera o que sentia uma torta de chocolate: ela agora era a própria torta, uma grande e bela torta de chocolate, devorada viva por três homens famintos e enlouquecidos.

Minha experiência omossexual

EU TINHA DEZOITO ANOS. Estava naquela fase do cachorro doido, querendo comer até a irmã, um horror. Fui passar uns dias no sítio de um amigo, e a filha do casal de caseiros, ai, ai, era uma mocinha mui aprumada, toda mimosa, só andava de vestidinho florido, trancinha no cabelo... Fiquei louco, né, como que não fica? Uma menina daquela, toda lindinha, aquele charme brejeiro, o jeitinho meio inocente meio safadinho...

Meu amigo, mais velho e tarimbado que eu, tratou logo de me dissuadir, disse que ela era difícil, tinha namorado, o pai marcava em cima, não valia a pena correr o risco. Ah, não valia a pena pra ele, né, eu era visita, é diferente. E, além do mais, quando a gente tem essa idade estranha, nada é suficientemente arriscado, você sabe.

Tentei umas aproximações, mas a moça rechaçou todas, com jeitinho simpático mas firme. Ai, que tortura... De dia o desejo me nublava o pensamento e atrapalhava a concentração, e de noite eu não conseguia dormir, lembrando dela lavando roupa, o vestidinho molhado colado nas pernocas, ela afastando o cabelo pra trás da orelhinha, ai, ai. Como é cruel a beleza inatingível... Como pesa um pau duro 24 horas por dia...

No último dia parti pro tudo ou nada. Penteei o cabelo, caprichei no desodorante e fui até o lugar onde ela lavava roupa. Ela me recebeu com simpatia, como sempre, e me apresentou o irmão, um pouco mais novo que ela. Ele era uma bichinha toda delicada, de shortinho apertadinho, cabelinho arrumado, mais mulher que a irmã, acredite. Cumprimentei gentilmente o irmão e fui lá tirar uns dedim de prosa com a minha lavadeira brejeira, era a última cartada, eu iria embora no outro dia cedo.

Fui o mais cavalheiro e romântico possível, recitei poemas, fiz gracinhas. Mas a moça não cedeu, manteve-se lá atarefada entre o sabão em pó e as roupas no varal. O irmão, este achava graça sem parar, me olhando de cantinho de olho e dando risinhos tímidos. O danado tinha a mesma bunda da irmã, você precisava ver, saliente, arredondada... Olha, se botasse batom, ninguém diria que era homem. Pois bem. Depois de uma hora de vãs tentativas, cansei e assumi a derrota. Ainda que tenha dezoito anos, o bicho homem masculino tem que reconhecer quando da lagoa não vai sair perereca.

À noite, sem conseguir dormir, o pau furando o pijama, tomei a decisão. Não podia voltar pra casa sem fazer alguma coisa, sem descarregar aquela tensão acumulada nos últimos dias. Reza a lenda que esperma acumulado sobe pra cabeça do cidadão e vira queijo coalho, não convém, é muito perigoso, o pensamento fica coalhado. Então levantei, saí do quarto em total silêncio e me dirigi à lavanderia. Não tinha ninguém lá, tudo escuro. Peguei a caixa de sabão em pó Omo Total, localizei aquele buraquinho aberto na ponta e não tive dúvidas: meti o Jeitoso lá mesmo, pensando na minha lavadeira brejeira, ela lavando a roupa e eu por trás dela, nós dois no nheconheco gostoso, tirando o encardido da vida, hummmm...

Foi minha primeira experiência omossexual. Até que foi gostosim. Mas repetir? Não, obrigado. O Jeitoso? Ficou bem limpinho, é verdade, mas passou uma semana todo ardido, coitado. Sem falar que eu mijava e saía bolhinhas de sabão. Não recomendo.

Um ano na seca

EU JÁ FIQUEI UM ANO sem sexo. Verdade. Quer saber mesmo? Foi quando eu tinha quatro anos.

Hahahaha! Desculpe, leitorinha, não resisti à piada. Agora falando sério, já fiquei um ano no perigo sim, e eu já era quarentão, olha que coisa. Em 2004 eu havia me mudado pro Rio de Janeiro e, sem amigos com quem sair, sem namorada e sem dinheiro, tudo que eu fazia era ir pro trabalho e voltar pra casa. No começo não teve problema algum, pois minha energia tava tão voltada pro trabalho e pra economizar grana que as ex-namoradas resolviam o problema. Comassim? Ora, era só, na hora do banho, lembrar delas...

Mas depois de seis meses a coisa começou a ficar feia e as ex já não resolviam, eu já havia homenageado todas elas, tava até repetindo.

Putz, mas será que você tá realmente interessada nesse papo de punheteiro véi safado? Bem, sejamos francos: se você frequenta este blog, é porque santa você não é, né? Então dá licença que eu vou continuar a história.

Seis meses de Rio de Janeiro. Seis meses sem dar nenhumazinha. Vivia uma fase de repensar a vida e reavaliar valores, precisava mesmo de solidão. No começo o tesão até que ficou comportado. Eu me resolvia com as ex-namoradas mesmo, homenageando-as durante o banho: apoiava um braço na parede, escolhia a ex da vez e mandava ver. A água quentinha escorrendo pelo corpo é uma diliça, mas o perigo dessa posição, não sei se você sabe, é que as pernas ficam bambas, a vista escurece e bufo!, a gente cai pro lado, se estatelando duro no chão. Um dia caí e bati a cabeça na privada, fiquei com um galo horrível na testa durante uma semana. Mas os acidentes também têm seu lado positivo. Esse me fez perceber, finalmente, que aquilo já tava passando dos limites. No outro dia tomei uma decisão: revesti a privada com esponja.

Um dia abateu-se sobre mim a desgraça: eu lá, sob o chuveiro, pronto pra mais uma homenagem quando percebi que... o estoque de ex havia se esgotado. Simplesmente não tinha mais nenhuma, todas já haviam passado por aquele chuveiro, até mesmo os casos, os rolos de um mês, de uma semana, de uma noite, as ficantes, todas, todas. Putz, e agora? Desesperado, vesti uma roupa e saí. Nunca fui de pagar por sexo mas tava decidido: só voltaria pra casa acompanhado.

Voltei com Daniele, uma morena linda, jeitinho meigo, uma bunda doce e irresistível. Ainda tentei barganhar o preço, mas o dono da banca foi irredutível. Paguei oito reais, pus a Sexy na mochila e voltei pra casa. Sou um cara exigente com mulher, até mesmo com mulher de papel, não gasto meus zoides com qualquer peladona não. Qualé? Tá pensando que achei os bichinhos no lixo?

Daniele me fez companhia durante algumas semanas. Como ela não gostava de água, namorávamos na cama mesmo, nada de chuveiro. Até que um dia...

NÃO FOI NADA ENGRAÇADO ficar um ano inteiro sem sexo, mas se isso hoje diverte o respeitável público, então ótimo, vou encarar a coisa como, digamos assim, uma saudável reciclagem das desgraças da minha vida pregressa.

Pois bem. Durante algumas semanas eu e Daniele vivemos bons momentos, mas... havia um probleminha. Eu sempre queria Dani de quatro, ela ficava linda assim. Mas na hora H, quando eu tava chegando lá, a página virava e Dani passava pra outra posição, uma posição bem sem graça, que merda. Acabamos discutindo, eu querendo Dani safada de quatro e ela se querendo toda comportadinha numa poltrona.

Percebi que meus sentimentos já não eram os mesmos do início. Então fui até a janela e disse, sem olhar pra ela, mirando o fim de tarde lá fora: Beibe, preciso de um tempo. Ela ficou meio tristinha, mas entendeu na boa. É uma vantagem das mulheres de papel, elas sempre entendem quando o cara precisa de um tempo. Daniele acabou na quarta gaveta do guarda-roupa, junto da caixinha do brau. Até hoje desconfio que foi ela quem fumou o precioso, um especialíssimo que eu tinha guardado pro carnaval. Mas tudo bem, foi bom enquanto durou. Meses depois eu me mudei de Botafogo e desde então não tenho notícia de Dani, acho que a coitada caiu do caminhão da mudança. Sorte de quem pegou.

Com isso, acabei voltando às ex-namoradas debaixo do chuveiro. Nada contra, claro, mas acontece que naquela secura de seis meses eu já havia homenageado todas elas, não havia sobrado nem mesmo uma fulana que anos atrás me atacou numa festa, terminamos num hotelzinho vagabundo e, quando acordei de manhã, sozinho no quarto, a última coisa que eu lembrava era a gente saindo da festa e cadê que eu conseguia lembrar do nome da criatura? Nem do rosto eu lembrava mais. E até hoje não lembro. Imagine o estado do cidadão... Pois bem, até essa eu homenageei, lá debaixo do chuveiro, sim, pra você ver a consideração que eu tenho com minhas ex e até com as taradas de festa, viu?

Foi aí que um amigo me apresentou Sonja. Que não era de papel.

Ih, infelizmente acabou o espaço. Posso continuar semana que vem? Não? Ah, mocinha, não seja tão exigente comigo, entenda minha situação, eu tô precisando desabafar, aprendi isso com vocês, botar pra fora os sentimentos, né isso? Então, tô botando. Mas não dá pra botar tudo de uma vez. Se você estiver aqui na próxima semana, eu continuo. Você vem, beibe?

EU HAVIA CONTADO pra um camarada sobre minha trágica situação e ele, compadecido, combinou que me apresentaria a uma ninfeta deveras generosa chamada Sonja. O nome dela é esse mesmo?, perguntei. Não, não era. Era nome de guerra. Ah, tá. Sonja, a guerreira. Mas do jeito que eu tava a perigo, ela é quem teria que se defender.

Marcamos pra uma quinta-feira, lá mesmo em meu apartamento em Botafogo. Na hora marcada meu amigo chegou, devidamente acompanhado da ninfeta. Ele nos apresentou, fazendo umas piadinhas que me deixaram meio sem jeito. E ela, pelo jeito, já devia estar acostumada. Sentei na poltrona e eles no sofá. Botei um Led Zeppelin pra gente escutar, mas acho que ela não curtiu muito, acho que gostava mais de hip hop. Servi domecq mas ela não bebeu, Sonja não bebia. Logo depois meu amigo foi embora, me deixando a sós com a ninfeta. Eu tava meio nervoso, mas ela tava na dela, tranquila, me olhando com aqueles olhos grandes e verdes que ela tinha.

Lá pelas tantas achei que já tava bom de lero-lero: peguei Sonja pela mão e levei pra sacada pra gente ver o Cristo iluminado. Enquanto ela olhava, eu não me aguentei mais nas calças e, bufo!, derrubei-a no chão, que nem um homem das cavernas alucinado. E comecei a soprar dentro dela. Nunca em toda a minha vida eu tinha feito aquilo, juro. Soprei durante meia hora, e no fim eu tava caído no chão, botando os bofes pra fora, parecia que havia corrido uma maratona. Em compensação, Sonja tava bem cheinha. Meu amigo tinha razão: ela era bem fornida. Peituda e bunduda do jeito que homem do sexo masculino gosta.

Meu amigo me garantira que ela tava bem limpinha, ele a havia lavado no dia anterior. Mas achei melhor garantir e dei um bom banho na Sonja, com detergente e água sanitária, até botei um rexona no sovaco dela. De volta à sacada, nos encostamos na grade e enquanto eu bolinava sua bunda, recitei uns poemas do Vinicius pra fazer um clima assim meio romântico, de tudo ao meu amor serei atento. Olhei pra Sonja e ela tava de boca aberta, os olhos arregalados, certamente enternecida com meu esforço por agradá-la. Ela não me disse, mas senti que meu amigo, com ela, não valorizava muito as preliminares. Homens...

Então os sete meses sem sexo gritaram dentro de mim e perguntei se ela queria ir pro meu quarto ou se preferia fazer ali mesmo. Você escolhe, Ricardinho... Acho que ela falou isso, não lembro bem. É que eu já tinha tomado metade do domecq e quando chego nesse ponto, dou pra ouvir coisas, ver gente morta, é um horror. Então eu escolhi o lugar, e escolhi ali mesmo, na sacada, sacomué, Sonja, sempre fui chegado em locais inusitados. Foi quando ela falou, maliciosa: Locais inusitados assim tipo o meu cu, né, fofo?

Nesse exato instante eu me apaixonei. Quem não se apaixonaria?

SEMANA PASSADA EU PAREI na parte em que eu encoxava Sonja na sacada do meu palacete de Botafogo. E, enquanto recitava Vinicius, descobria-me apaixonado por uma boneca inflável, dessas bem fuleragem, até remendo ela tinha, acredita? Adivinha onde? Poizé. Meu amigo deve ter abusado muito da moça, coitada.

Aliás, homem na secura é um horror, você nem imagina do que somos capazes de fazer. E jovens, então, quando os hormônios são os nossos verdadeiros governantes e a cabeça de baixo sempre fala mais alto? Putz... Heim? Controle de qualidade? O que é isso?

No interior, até hoje o povo come jumenta, o povo homem, claro. Diz que é bem quentinho, aconchegante... E que ela nunca espera que o cara ligue no dia seguinte.

Por falar em jumenta... Corta agora pros meus saudosos vinte anos. A gente ia pra praia e na volta passava por um terreno onde sempre havia uma jumentinha amarrada, a Jupira. A Jupira tinha um bundããão... Pois a Jupira era apaixonada os quatro pneus e o estepe pelo meu amigo Perretis, é sério, era só a gente parar o carro que ela já se virava assim de ladinho e ficava toooda dengosa pra ele. E a Jupira ainda era fiel: um dia eu quis dar umazinha com ela e ela não quis não, só queria se fosse o Perretis. Putz, fiquei arrasado, quando um homem chega nesse ponto de nem jumenta aceitar, é mesmo a decadência total...

O Netonha, outro amigo fuleragem, na sua infância lá no Crateús era o terror das galinhas. Galinha de pena mesmo. Sim, é sempre bom explicar, porque em Crateús, sabe como é, né? Diz que na casa do Netonha não escapou uma galinha: ele chegava das festas do sábado e, meio truviscado da cabeça, ia pro terreiro atrás da casa e traçava todas. O melhor é que no domingo o almoço sempre era galinha, a família toda comia, até o padre ia pra esses almoços. Uia.

Um outro amigo, o Marquim, uma vez comeu um peixe. Verdade. Ou era uma peixa? Não sei. Só sei que o peixe morreu e ele ficou muito arrependido e deixou de comer peixe. Mas o Marquim não conta, ele era tarado, nem caule de bananeira o disgramado dispensava, diz que tem uma textura boa. E eu? Bem, como minha infância foi urbana, não tive sorte de ter essas namoradinhas do dadivoso reino animal. Mas devo admitir que lá em casa sempre teve umas poodles bem fofinhas... Mas não, cachorra por cachorra, melhor as sem pelo. Mas uma vez eu estuprei um rolo de papel higiênico, eu juro. Ué, qual é o problema? Nenhuma menina queria me dar! E aquele era o único buraco decente que tinha por perto...

E você, leitorinha querida, fica só rindo dessas histórias cavernosas, né? Fica aí só achando graça desse bizarro universo masculino, né? Mas aposto que você também já teve seus dias de desespero, em que a bacurinha só falta pegar um autofalante e gritar: Uma caridade, pelo amor de Jesuscristim!!!

Taí, agora fiquei curioso. Mulher também sofre quando os hormônios sexuais botam a boca no trombone e, no entanto, não tem ninguém pra aliviar a tensão? Claro, né? Mas imagino que vocês não apelam pros jumentos, afinal animal por animal, já bastam os homens, né, fia? Mas pra alguma coisa vocês devem apelar. Quem quer contar primeiro? Ah, vamos lá, boneca, fica só entre nós, vai. Pensa que eu não sei que você agora tá rindo aí do outro lado do computador, é? Pois eu sei. Se tá rindo é porque tem o que contar. Conta! Conta!

ONDE PAREI MESMO? Ah, tá, eu e Sonja na sacada do apartamento, oitavo andar, eu com meio litro de conhaque na cachola, irc! Bêbado que nem um gambá, sim, deploravelmente bêbado, mas a poucos segundos de finalmente acabar com a maldita seca que já durava sete meses. Pois bem. Após seu singelo consentimento, Sonja encostou-se na grade da sacada, de costas pra mim, aquele bundão espetaculoso, e eu abri a calça, abaixei a cueca e botei o Jeitoso pra fora. Poizé, o nome dele é Jeitoso, tinha esquecido de apresentar vocês. Também conhecido no submundo do crime desorganizado como Jeitosão 17. Então. Nem preciso dizer como ele tava, né? Parecia menino em dia de aniversário, uma animação só.

Abri as nádegas de Sonja e vi que seu cu era rosado, um tipo raro por essas bandas. Não sei se você sabe, leitorinha, mas na Tabela de Estética Anal o cu rosado só perde pro cu salmon, este é raríssimo, tem gente que morre sem conhecer um cu salmon. Pois bem, Sonja tinha um cu rosado, muito simpático e convidativo, com certeza meu amigo já se deliciara bastante por aquelas vias. Afastei-me pra trás e mandei um golão no conhaque, um brinde a mim por suportar com tamanha dignidade sete difíceis e eternos meses sem dar umazinha sequer.

Nesse momento, porém, soprou um vento repentino e Sonja, vupt, voou por sobre a grade da sacada. Desesperado, larguei o copo e corri pra segurar. Mas não deu tempo: Sonja havia caído, despencado do oitavo andar no meio da escuridão da noite. Putz. Fiquei ali parado por um tempo sem acreditar. Seu idiota incompetente!, gritou o Jeitoso, já murcho e muito puto, nem mulher inflável tu consegue segurar? Quando o sujeito não consegue nem manter uma relação com uma boneca inflável, ele precisa admitir que chegou ao fundo do poço.

Peguei o elevador e desci pro poço, quer dizer, pro térreo. Procurei lá embaixo na área lateral e não encontrei Sonja. Onde ela estaria? Olhei lá pra cima e entendi: ela caíra numa das sacadas abaixo da minha. E agora?

Voltei pro apartamento num dilema mortal. Não podia abandonar Sonja assim dessa maneira. E tudo que houve entre nós? E todo o futuro lindo que nos esperava? E seu cu rosado? Mas, por outro lado, cadê a coragem pra bater na porta do vizinho às duas da manhã? Oi, minha namorada caiu na sua sacada, você poderia pegar pra mim?

Não, minha dignidade jamais me permitiria descer tanto. Preferível comprar uma boneca nova pro meu amigo. Que merda... Desculpa, Sonja, eu não queria que tudo terminasse assim... A não ser... A não ser que eu desse uma de Homem-Aranha...

TRUVISCADO DE DOMECQ como eu tava, considerei seriamente a hipótese de me pendurar na minha sacada e saltar pra sacada de baixo. O Resgate de Sonja – Sexo, suspense, emoção... e uma perna quebrada. Felizmente um resquício de bom senso me fez desistir da aventura. Mas nem sempre tive esse tal bom senso, viu, isso é coisa da idade.

Restava-me bater na porta do vizinho. Às três da madrugada. Eu até poderia fazer isso, dada a minha lastimável condição de secura. Mas onde ficaria minha reputação de moço sério, trabalhador e respeitador dos bons costumes? Eu seria rebaixado à categoria de cruel estuprador de bonecas infláveis, que horror.

Voltei ao meu apê arrasado. E caí na cama à beira de um ataque de choro. Minha pobre Sonja, coitadinha, passaria o resto da noite no chão sujo de uma sacada, ao relento, nua e abandonada. Poderia pegar um resfriado, a bichinha. Adormeci exausto e deprimido. Putz, eu estivera a centímetros de dar fim àquela secura desgraçada que já durava sete meses... Mas o vento levou minha felicidade.

Tive pesadelos terríveis. Num deles Sonja me esnobava e preferia se suicidar a trepar comigo, e então se atirava da sacada. Irgh! Será que eu sou assim tão asqueroso? Só porque depois dos 40 comecei a ficar barrigudo, careca e banguelo? No outro pesadelo o vizinho do 702, logo o idiota do 702, enrabava minha Sonja na sacada e eu acordei suando de ciúmes, desesperado, ouvindo Sonja uivando de prazer... Que dor!

ACORDEI NO DIA SEGUINTE numa ressaca horrorosa. A primeira coisa que fiz foi correr pra sacada e procurar por Sonja. Enquanto procurava, minha atenção foi atraída pro colégio que ficava ao lado do meu prédio. Era a hora do intervalo e os alunos jogavam futebol no campo de areia. E pareciam especialmente animados naquele dia, correndo e gritando bastante. Quando saquei o motivo, quase tive uma síncope cardíaca: a bola do jogo era nada mais nada menos que... minha querida Sonja, que subia e descia pelo ar, toda desmantelada, um braço já faltando, parecia um molambo voador.

Gritei pra eles pararem com aquela selvageria mas não me ouviram. Então desci e fui correndo até o colégio, expliquei o que acontecera e minutos depois um funcionário me trouxe o corpo de Sonja, seco e totalmente desfigurado, a cabeça decepada... Levei-a de volta pra casa, tentei encher e remontar, mas foi impossível, o estrago fora enorme. Teria que comprar outra boneca pro meu amigo. Então deitei Sonja na cama e, olhando ela ali deitadinha... de bundinha murcha pra cima... pensei que ela merecia uma última e sincera homenagem.

Em toda a minha vida de perigoso maníaco sexual eu nunca antes havia transado com uma boneca inflável. Muito menos com um cadáver inflável. Olha só aonde a minha secura havia me levado! Estuprar uma boneca inflável morta, toda murcha, sem braço e sem cabeça...

Mas o estrago fora ainda maior do que eu imaginava. Aqueles monstrinhos assassinos haviam enchido os buracos de Sonja com todo tipo de coisa. Só da bucetinha dela tirei uma borracha, duas tampas de caneta Bic, um mp3 quebrado, um boneco Power Rangers e um bagaço de maçã, que horror. E o cu, o belo cuzinho rosado de Sonja, haviam tampado com um chiclete. Que absurdo, as pessoas não têm mais sentimento! Como podem fazer isso com um ser humano inflável?

Não deu, amiga, simplesmente não deu. Não consegui comer Sonja. Por mais maníaco sexual que eu seja, tudo tem um limite, né? A secura continuaria. Eita fase de urubu danada...

APÓS A TRISTE DESVENTURA com Sonja, dei um tempo em minhas desesperadas tentativas de acabar com a secura sexual, que já chegava aos oito meses, que horror. Achei que era melhor me aquietar e deixar que as coisas acontecessem de forma mais natural. O problema é que as coisas não estavam acontecendo nem naturalmente e nem antinaturalmente, a maré tava braba mesmo. Sozinho numa cidade estranha, sem amigos, sem namorada, sem dinheiro pra sair, o que me restava?

Então tive uma ideia genial: decidi montar um harém. Sim, o Kelmer Harém de Celebridades (KHC). Pra quê? Ô, minha filha, que pergunta boba... Pra dar uma variada em minhas punhetas, lógico. Sim, variar, afinal fazia oito meses que eu homenageava minhas ex-namoradas quase diariamente, nem elas aguentavam mais tanta homenagem. Pra você ter uma ideia, desde que começara a secura, só pra Aninha eu já tinha tocado cento e cinco punhetas. Você sabe o que significa isso, leitorinha querida? Pois vou te dizer. Se uma ejaculada tem em média cem milhões de zoides, então só pensando na bunda da Aninha foram dez bilhões de zoides que jamais tiveram nem jamais terão sequer uma remotíssima chance de ver um óvulo rebolando à sua frente, coitados, ninguém merece.

Pois bem. Em poucos dias o melhor harém que jamais existiu na face da Terra tava todinho dentro do meu noutibuk, que era velhinho, mas que com a chegada das meninas rejuvenesceu cinco anos. Tinha de um tudo no harém: loira, morena, ruiva, negra, índia, japonesa, esquimó. Tinha odaliscas do presente e do passado, de Brigitte Bardot às Sheilas do Tchan. Tinha celebridades e anônimas, lobas e ninfetas, profissionais e amadoras, ai, as amadoras. Infelizmente minha musa Ana Paula Bandeirinha ainda não havia posado pra Playboy... Senão ela também estaria no harém. Aliás, ela teria um harém só pra ela.

– Ricardinho, harém de uma odalisca só não existe...

– Ahnnn... É verdade, Ana Paula. Mas você teria mesmo assim. Pra você não tem impedimento.

MAS CALMA LÁ, LEITORINHA. Só porque era um harém, não vá pensando que era só ser bonitinha ou gostosinha que já tava dentro. Nananinanão. Punheteiro safado sem-vergonha também tem seus critérios, ora! Afinal punheta é coisa séria, é uma homenagem singela e sincera às mulheres que amamos. E por mais tarado que a gente seja, a gente também tem nossas objeções. Essas modelos magricelas e sem bunda, por exemplo. Comigo não têm vez, quem gosta de osso é arqueólogo. Então magricela não entrou nenhuma.

Por falar em bunda, numa segunda fase, o Harém de Celebridades se especializou: criei o harém dos peitos e o harém das bundas, olha que chique. Claro que por causa da minha tara que você já conhece, o harém das bundas ficou beeeeem mais numeroso. E como era o harém que eu mais visitava, todas queriam estar nele. Mas me mantive incorruptível. Adriane Galisteu, por exemplo, tentou dar uma de penetra mas foi barrada na porta, é muita pretensão mesmo! Gisele Bundchen tentou entrar também, mas ficou só no harém dos peitos. Sim, Gisele, eu sei que os gringos admiram sua bunda, eu sei, mas no Brasil, a média pra passar é bem mais alta, viu, fia?

O KHC tava indo bem. O problema era que, com essa minha velha mania de justiça, eu insistia em revezar as meninas, uma homenagem pra cada uma, pra que elas não se sentissem preteridas, você sabe, rola muita inveja nesse meio. Mas, putz, eram centenas de odaliscas! Se eu sentisse saudade da Karina Bacchi ou da Mulher Samambaia, que, por sinal, constavam com todo o merecimento nos dois haréns, eu teria que esperar cinco anos pra poder vê-las de novo.

– Ah, não, Riquinha, assim não – Karina reclamou, é lógico. – Pode dar logo um jeito nessa situação.

FOI ENTÃO QUE DESCOBRI algo revolucionário: era possível organizar as fotos num programinha de slide e botar no automático. Uaaaaau! Ficou uma maravilha. O KHC tornou-se dinâmico, e eu nem precisava mais ficar clicando, agora a outra mão tava liberada pra dar um gole no domecq. Minhas odaliscas passaram a desfilar ordenadamente, uma após a outra, cinco segundos pra cada uma me seduzir com suas curvas, protuberâncias e malemolências...

– Oi, Luma. Eu apareço depois da Grazielli. Já chamaram ela?

– Calma, Sabrina, antes dela ainda tem eu. Ops, é a minha vez, tchau.

Algumas tinham mais fotos que outras, claro, e por isso se demoravam mais pros meus olhos. Porém, depois estavam livres o resto do dia pra fazer o que quisessem, passear no shopping, tomar chá com as amigas, fazer a escova... Estavam livres até pra me trair com quem quisessem. Desde que no outro dia estivessem de volta, lindas e dadivosas, tudo bem.

Ah, foram três meses de paz e tranquilidade com minhas meninas...

UM DIA FUMEI UNZINHO. Você já transou fumada, leitorinha? Uau, é uma loucura... Comigo as sensações ficam tão amplificadas que eu todo viro um imenso caleidoscópio sensitivo, o tempo estica... Pois bem, fumei, deitei na cama, pus o noutibuk do ladinho e mandei ver. Foi tão bom, mas tão bom, mas tão bom, e o gozo tão intenso, tão intenso, e viajei pra tão longe, tão longe... que de repente só escutei o barulho: Pooou!!! Abri os olhos e vi que o noutibuk tinha caído no chão. Que merda.

Tantas mulheres lindas e gostosas de uma vezada só foi demais pro meu velho noutibuk de guerra. Dia seguinte mandei o coitado pra oficina, mas não teve jeito de recuperar. Resultado: perdi todas as minhas meninas. Três meses formando meu harém e, de repente, elas se vão numa só gozada. Ô gozada poderosa! Fiquei tão arrasado que não tive forças pra chamá-las de volta, não quis mais saber de Danielas, nem de Julianas, nem de qualquer mulher de pixels. Nem mulher de papel. Nem de plástico. Enchi o saco de punheta. Quer dizer, esvaziei o saco. Caramba, eu precisava de uma mulher de verdade, dessas que todo dia passavam por mim na rua. E não me percebiam. Mas naquela cidade estranha, sem amigos e sem dinheiro, como fazer?

NO CAPÍTULO ANTERIOR, você lembra, eu tava arrasado por ter perdido meu Harém de Celebridades, tão cuidadosa e criteriosamente montado. E tava sem qualquer ânimo pra montá-lo de novo, apesar de toda a insistência das meninas. Até a Vera Fischer implorou, olhassó, a Verinha, ela que naquele tempo andava quietinha, uma santa. Até a Priscila Fantin, aiai, que nunca posou pelada, prometeu que posaria caso eu reativasse o superfamoso e hiperconcorrido Kelmer Harém de Celebridades.

– Puxa, Rica, tô arrasada... Você seria o único motivo pra eu virar uma peladona.

– Gosto muito de você, Priscila, mas não vai dar.

– Se você não me quiser, vou entrar pro convento!

Não reativei o KHC, eu simplesmente não aguentava mais mulher de pixels. Eu precisava agora é de uma mulher de verdade, de carne e osso, mais carne que osso, claro. Eu precisava dar umazinha, só umazinhazinha, já tava na secura havia onze meses!

Foi quando apareceu a oportunidade de um trabalho inusitado: escrever um roteiro sobre prostituição na Vila Mimosa. Uau!

ENTÃO FUI CONTRATADO pra escrever o roteiro de uma revistinha em quadrinhos pra uma ONG que trabalhava com prostitutas na Vila Mimosa, tradicional zona de prostituição do centro do Rio de Janeiro. O roteiro deveria abordar temas como saúde, prevenção, doenças sexualmente transmissíveis e coisital. Topei na hora, tava muito precisando de um dinheirinho na conta, não aguentava mais comer miojo.

Imagine um centro comercial popular, desses que existem nos centros das metrópoles, aquele movimento incessante, os corredores cheios de gente olhando vitrine e comprando, a barulheira, a confusão... Pois a Vila Mimosa é a mesma coisa, sendo que as lojas são uma centena de bares e boates com quartinhos e a mercadoria é sexo. E é 24 horas!!! Fiquei bobo de ver.

Na Vila Mimosa tem menina de dezoito a setenta anos e boa parte delas vive do que a Vila lhes dá. Algumas têm emprego formal (diaristas, vendedoras, secretárias...) e batem ponto lá alguns dias por semana pra completar o orçamento. Uma pequena parte mantém os estudos, ainda bem. Há também as meninas que cursam faculdade. E há também mulheres de nível superior, acredite, cheguei a entrevistar uma professora de geografia e uma enfermeira. E há também muitas mulheres casadas, que são mães, e às vezes os maridos ou maridas sabem de tudo.

Mesmo sendo mais culta ou mais bonita, não importa: se a mulher quer trabalhar na Vila Mimosa, tem que se adequar ao esquema popular e de alta rotatividade. Então o preço médio (em 2005) era vinte e cinco pilas por meia hora, sendo que cinco ela repassava ao dono do estabelecimento pelo uso do quartinho. Conheci algumas que faziam uma média de oito a dez programas nos dias bons.

FIZ TRÊS VISITAS à Vila Mimosa pra entrevistar as meninas. Na segunda noite conheci Rose, uma morena de vinte e dois anos, e ela me contou sua história, o noivado desfeito, o desemprego em Goiânia, o filho pra sustentar, a ida pro Rio... Ela era bonita, tinha certa classe e usava vestidinho e sandália, tudo muito mimoso. E tinha uma boa bunda. Na terceira vez conversamos mais e, como agradecimento, presenteei-a com um crédito de dez pilas no vendedor ambulante de calcinhas, dava pra comprar duas. Ela adorou e me deu um singelo beijo no rosto.

Puta nunca foi minha especialidade, você sabe. Nada contra, mas é que gosto quando a mulher também me deseja, gosto de beijar na boca, servir bebidinha, botar música pra ela, recitar poeminha safado no ouvidinho, rir junto, admirá-la enquanto vou e volto dentro dela... Ou seja, sou um cara romântico mesmo, assumo. Safado, ok, mas romântico. Então meu pau não se entusiasmou com a Vila Mimosa. Porém...

Naquela noite, como já havia fechado todas as entrevistas, sentei numa mesa pra tomar uma e relaxar, curtir o visual das meninas, os modelitos, o delicioso teatro do sexo pago. E convidei Rose pra beber comigo. Ela explicou que tava trabalhando, claro, tinha que fazer dinheiro. Mas como havia me achado um cara legal...

Conversamos descontraidamente por uma hora. Ela se soltou e falou mais sobre sua vida, contou detalhes dos programas, suas preferências, que às vezes, com uns poucos homens, ela sentia prazer mas que, na verdade, pra ser bem sincera, gostava de foder mais com mulher.

Você sabe, né, leitorinha, eu gosto de mulheres bissexuais, várias de minhas namoradas eram bi, sinto uma espécie de simpatia gratuita, uma cumplicidade natural com elas. Foi Rose me falar isso e, pronto, o Jeitoso virou o incrível Hulk dentro de minha calça: Me solta, me soltaaa, me soltaaaaaa!!

EU TOMAVA UMA CERVEJA na Vila Mimosa, conversando com a morena Rose, e ao ouvi-la contar sobre os programas que fazia e sobre suas transas com mulheres, o Jeitoso, coitado, que havia onze meses não via uma xaninha na sua frente, simplesmente enlouqueceu e virou o incrível Hulk dentro da minha calça, parecia um bicho destruindo a jaula: Me solta, seu disgramado, eu quero saiiiiirrr!!!

– Cabô o doce...

– Não me atrapalha que eu tô concentrado.

É Tábata, minha barata voadora de estimação. Não pode me ver escrevendo sobre mulheres que fica logo enciumada, fica voando na frente da tela toda histérica. Uma barata com ciúmes, pode uma coisa dessa?

– Cabô o doce e eu tô com fomeeeee...

Hummm, dessa vez não é ciúme. O docim de amendoim acabou mesmo, o potinho que fica aqui do lado do computador tá vazio. Putz, vou ter que sair pra ir na bodega comprar mais, eu e Tábata não passamos sem essas barrinhas deliciosas.

Dá um tempo, leitolinha linda do meu colação. Volto já pra contar o fim da história. Vem, Tábata. Bota o agasalho que tá frio.

E ainda gosta de passear, pode?

PRONTO, VOLTEI. Tábata, de barriga cheia, ronca quietinha dentro do meu tênis. Eu já disse pra ela não dormir lá, é perigoso, mas ela simplesmente é louca pelo meu chulé. Pode?

Continuando a história. Estávamos numa mesa, eu e Rose, no interior de um daqueles barzinhos com jeito de boate, o bar embaixo e os quartinhos em cima. Com a pressão insuportável do Jeitosão (quando ele tá assim, é pior que você na TPM, acredite), percebi que havia chegado a hora, os onze meses de secura terminariam naquela noite mesmo. Ufa! Ainda bem que o pesadelo não passaria de um ano. Já que não foi com namorada, nem com amiga caridosa, nem com boneca inflável, seria com puta mesmo. Nada contra puta, claro, tenho muito respeito e admiração pela profissão, acho até que já fui puta numa vida passada. Mas ter que pagar por sexo, logo eu, que até outro dia era o terror da Praia de Iracema, quem diria...

INDECÊNCIAS PARA O FIM DE TARDE

Falei pra Rose que queria fazer um programa com ela. Ela, parecendo surpresa, disse que não esperava pois eu dissera que nosso contato seria apenas em função das entrevistas. Você quer mesmo?, ela perguntou.

– Ele quer! Ele quer, sim!!! Nós queremos!!!!! – gritou o Jeitoso, que nem um louco.

– Quem falou isso? – Rose quis saber, olhando ao redor.

– Ahn... Fui eu, sou ventríloquo, sabia? – falei, antes que o de baixo se manifestasse novamente. – Mas vamos ao que interessa, né?

Ventríloquo de bilau, ainda tem essa. Pois bem. Enquanto Rose ia ao balcão e solicitava um quarto à dona do estabelecimento, aproveitei e pedi que Jeitoso tivesse modos, ele tava simplesmente indomável, que coisa, rapaz, essa não foi a educação que eu te dei, viu?

Que nada. Ele continuou lá, arrebentando a jaula.

ENQUANTO SUBÍAMOS A ESCADINHA em espiral, eu olhava pra bunda de Rose bem à frente dos meus olhos como o centroavante que há vários jogos não marca e que agora vai bater o pênalti e olha pra bola, ela ali, só esperando ele chutar... É um momento mágico. Mesmo que não haja ninguém vendo o jogo, tudo para na hora do pênalti, sabia? Pois saiba, o Universo inteiro para, o tempo para, nada mais importa. Os astrônomos estão errados. Não houve um Big Bang, houve um Big Pênalti.

O ambiente do primeiro andar era de penumbra e havia um corredor com três quartinhos de cada lado. Entramos num deles. Antes, porém, olhei de novo pro fim do corredor pra me certificar de que o que eu via não era nenhuma alucinação. Não, não era. Ali, encostado à parede do fim do corredor, reluzia uma privada, com um cestinho ao lado lotado de papel. Uma privada! Sem porta, sem nada. Apenas uma privada no fim do corredor, que coisa mais surreal. E, pelo odor, que era bem real, alguém tinha comido uma panelada vencida e depositado lá. Argh... Como alguém conseguiu fazer cocô naquele local? E se eu chego e tem um cidadão cagando?

O quartinho era um cubículo de dois metros por um. Tinha um elevado de cimento bem estreito com um colchonete, uns cabides e só. Nem luz tinha. E as paredes eram apenas divisórias que sequer chegavam ao teto, o que nos permitia escutar tudo o que acontecia nos outros cubículos. Hummm. Confesso que nesse momento cogitei desistir...

Mas não, não. Eu já havia ido longe demais pra voltar. Vamos, Rica, respire fundo e vá em frente, garoto!

Respirar fundo. Eu até tentei. Mas aquela panelada estragada lá na privada não deixou. Teria que ficar vinte minutos sem respirar, será que eu conseguiria? Aliás, vinte não, dezoito, o tempo corria.

TIREI A ROUPA RAPIDINHO. Rose também. Ué, não tem nem um lençolzinho?, perguntei. E ela explicou que não sabia, que não fazia programas naquela casa, fazia na outra em frente. Vesti a roupa novamente e desci a escada. No balcão, pedi um lençol à dona, uma senhora que, pelo jeito, tinha muitos quilômetros de lençóis rodados. Ela perguntou se a menina que tava comigo não trouxera o lençol dela. Não, ela não trouxe, respondi, procurando manter meu famoso equilíbrio zen. A senhora então falou: Não costumo fazer isso mas vou te emprestar o meu, tá, depois me devolve. E me entregou um lençol dobrado, aparentemente limpo.

Subi a escada evitando pensar naquelas palavras "não costumo", "emprestar", "me devolve"... Eu só tinha agora dezesseis minutos.

Cobri o colchonete com o lençol emprestado (ai...), tirei a roupa novamente e sentei. Rose sentou ao meu lado. Do quartinho ao lado alguém sussurrava, hum, ahmm, aaahrn-mmff...

De repente lembrei do meu primeiro namoro, doze anos, foi meio daquele jeito, os dois sentadinhos lado a lado, quer namorar comigo?, aceito, então tá, amanhã a gente continua. Isso lá é hora de lembrar uma coisa dessa, homem! Afastei a lembrança inoportuna e tentei me concentrar, vamos lá, garoto. Quinze minutos. Comecei a acariciar o corpo de Rose... a cintura... as pernas... beijei seus seios... apalpei sua bunda... Quando olhei pro Jeitoso, não acreditei: ele simplesmente não se manifestava. Ué, cadê o incrível Hulk?

– Não priemos cânico, não priemos cânico – falei pra mim mesmo, fingindo um senso de humor que naquele momento eu tava muito longe de ter. Doze minutos. Pense rápido, garoto, pense rápido. Então perguntei a Rose se ela, bem, se ela poderia me fazer um boquete. Afinal um copo dágua e um boquete não se negam a ninguém, né?

INDECÊNCIAS PARA O FIM DE TARDE

– Sem camisinha não dá.

– Ah, claro, claro...

PEGUEI A CALÇA e, depois de procurar em todos os bolsos, encontrei uma salvadora camisinha na carteira, ufa! Voltei e sentei ao lado de Rose, que aguardava com uma paciência profissional. Peguei a camisinha, posicionei o Jeitoso e... Quem disse que camisinha desenrola em pau murcho? Aiaiai... Dez minutos. Metade do tempo já tinha ido pelo ralo e eu nem de pau duro tava, que merda. Vamos ao plano B, é o jeito. Então comecei a me masturbar freneticamente, tentando não ligar pra onda de terror que me engolfava mais e mais a cada instante.

– Vamulá, sua cobra caolha, não me abandone logo agora...

Mas o Jeitoso continuou desanimado. Oito minutos. O foda da broxada é esse maldito terror que imediatamente nos envolve logo que sentimos cheiro de broxada no ar, essa imediata sensação de que não, não vamos conseguir. Tsc, tsc, minha amiga leitora, você não saberá nunca o que é isso, só nós sabemos. Mas eu conseguiria, sim, vamulá, pensamento positivo, neurolinguística, método Silva de controle mental, nunca desista de seus sonhos... Putz, mas com aquele fedor horrendo ali do lado tava realmente difícil.

– Rose, será que você não poderia abrir uma exceção e me chupar sem camisinha? Eu tenho essa cara de maluco, mas eu sou limpinho. E por ele só passou menina bacana, viu? Bem, quer dizer...

Não, eu não falei nada disso. Mas quase falei, de tão desesperado. Em vez disso pedi pra ela tocar uma pra mim, quem sabe a mão feminina, mais delicada... Rose, compreensiva, aceitou, ufa. Sete minutos. Agora vai, agora vai.

Fechei os olhos e convoquei todas as ex-namoradas e casos e rolos e rolitos possíveis, por favor, Beatriz, me acode, você também, Silvinha, e você, Karine, seis minutos, e você, Bibi, aquelazinha que a gente deu no meio do laranjal, lembra, vamos, Maristela, Renata, cinco minutos, Tânia, Karine, Karine já foi, não, a outra, Gil, Andréa, Jaque, Beatriz, Beatriz já foi, mas vai de novo, vai de novo, quem mais, Leka, Paulinha, quatro, Larissa, Milene, que Milene?, aquela da garagem do prédio, ah, sim, Valéria, três, Laurita, dois, Bebel, um...

77

– VINTE MINUTOS! Vinte minutos!

A voz vinha de algum lugar próximo, uma voz abafada, meio metálica...

– Vinte minutos! Desocupandôôô!!!

Abri os olhos. A voz feminina vinha de um tubo de PVC que saía da parede. Era a dona lá embaixo nos avisando que o tempo acabara. Sistema de som engenhoso...

– Putamerda, seu desgraçado duma figa! Não era você quem tava todo enlouquecido vinte minutos atrás?!! Como que você me faz uma coisa dessa, seu traíra?!!!

Não, eu não falei isso, sou incapaz de gritar com ele, o Jeitosão tem muito crédito comigo, você nem imagina o quanto ele já me salvou. Só pensei, dentro da minha mente extenuada e entristecida. Aliás, se eu fosse ele, também teria sentido a pressão, coitado, o cubículo feio, o lençol emprestado, os vizinhos barulhentos, a privada surreal, a panelada vencida, o tempo acabando... Pô, paudagente também é gente.

Afastei a mão de Rose e levantei. Vesti a roupa e calcei o tênis, enquanto ela se vestia também. Procurei algo pra dizer, na verdade pra não ter que escutar os hummms e ahnrmfs que vinham dos outros cubículos, mas não achei nada que valesse a pena ser dito, dizer o quê? Descemos, devolvi o lençol (quem seria o próximo?), paguei pelo quarto e paguei Rose também. Ela ainda tentou se desculpar, mas eu não deixei e falei que tudo bem, a companhia dela tinha sido muito agradável. E nos despedimos.

Caminhei até a praça e esperei passar algum ônibus, tendo como companhia a plena convicção do ridículo de tudo aquilo. Um dia ainda escreverei sobre isso e darei boas risadas, era o que eu pensava, pra ocupar o pensamento na madrugada fria e solitária. Mas o pensamento sempre escorregava pra um único fato: em três semanas a secura completaria um ano. Um ano.

O ônibus chegou e parou no ponto. O motorista abriu a porta e ele entrou, o centroavante que no último minuto do jogo chuta o big pênalti pra fora.

DEPOIS DESSA ENTENDI que devia me concentrar no trabalho de vez e esquecer esse negócio de buceta. Até que consegui.

Em parte, claro, pois o bicho homem masculino nunca consegue esquecer de verdade do famoso pé-de-barriga rachado. Mas fiz direitim meu trabalho de roteirista e recebi meu dinheirim suado. Suado e broxado.

Aí aconteceu duma leitora me enviar um e-mail dizendo que iria pra um congresso no Rio e queria aproveitar e comprar uns livros meus diretamente comigo, aproveitar e me conhecer pessoalmente, que ela só conhecia pelos meus textos na internet, que por sinal gostava muito e coisital. Claro, claro, será uma honra, respondi.

Macaco velho, fui logo no Orkut dela pra saber quem era a criatura. Marília o nome dela, era de Santos, solteira (oba), bebia (obaaa) e não fumava (obaaaaa). Era uma balzaca morena, razoavelmente bonita, parecia ser mulher carnuda, mas como as fotos eram todas bem comportadas, não deu pra ver bem as curvas da estrada de Santos.

Pô, Kelmérico, deixa de ser tarado véi seboso! A moça quer apenas comprar uns livros, só isso, é tudo apenas negócio. Você e sua mente suja...

Bem, na verdade eu mesmo não pensei bobagem, juro que pensei apenas na graninha. Quem pensou bobagem foi ele, o Jeitoso, como sempre, esse pedaço cilíndrico de carne pendurado que só pensa naquilo, é um horror. Coitado, mais de um ano sem frequentar periquitas e rabichos, a gente entende, a gente entende.

Então, no dia marcado ela me ligou. Tava num barzinho perto do hotel, não era longe de onde eu morava, será que eu podia ir lá? Claro, claro. Troquei de roupa, botei os livros na mochila e peguei o busão.

FIZ LOGO AS CONTAS: se ela me comprar dois livros, já vai dar pra fazer o supermercado da semana, ô maravilha, não aguento mais comer miojo com xarope de groselha.

Paralelamente às minhas contas, o Jeitoso também fez as dele: um ano e dois meses sem encarar uma periquita, 14 meses sem molhar o biscoito, 54 semanas sem ensaboar a banana, 378 dias sem acoplar à nave mãe, 9.072 horas sem espetar o cassaco...

Se você, leitorinha querida, tivesse um pingolim aí pendurado entre suas pernocas, você saberia o tanto que esses seres podem ser chatos, insuportavelmente chatos, quando estão desesperados na secura. A gente vai à praia e tem que ficar sentado pra não passar por tarado véi seboso. A gente olha pra uma chave de fenda e o pingolim só vê a fenda, é um horror, um horror.

Pois bem. Peguei o busão e fui encontrar Marília no bar, perto do hotel onde ela tava hospedada, em Copacabana. Ela me acenou de uma mesa na calçada, de frente pro mar, um ótimo lugar. Tava bronzeada, certamente pegara um solzinho. E era mesmo carnuda como nas fotos, do jeito que eu aprecio, humm. Vestia jeans e uma camisa preta com um top preto. Pessoalmente, era mais bonita que nas fotos. Infelizmente, porém, não deu pra ver a bunda quando ela levantou pra me cumprimentar com dois beijinhos, mas tudo bem, eu tiraria a dúvida assim que ela fosse ao banheiro. Na mesa, havia uma caipirinha pela metade.

Sentei e ela perguntou se eu aceitava uma caipirinha, eu disse que sim. Ela fez sinal pro garçom trazer mais uma e aí danou-se a falar, disse que tinha chegado mais cedo pra ver o pôr do sol, que adorava ir ao Rio de Janeiro, que aquela já era a segunda caipirinha, que adorava caipirinha, que caipirinha era sua perdição, e que era uma honra conhecer pessoalmente o autor dos textos que tanto a faziam rir no computador do trabalho, e falou dos que mais gostava, quis saber de onde eu tirava tanta ideia, como era o processo de criação, e pediu pra ver os livros, que eu tirei da mochila e pus sobre a mesa, e ela olhou todos, achou a capa do *Insanidade* bonita...

Eu juro, leitorinha, juro que tentei prestar atenção a tudo que ela dizia. Mas não dava. Com aqueles peitos olhando pra mim, simplesmente não dava. Marília tinha peitos grandes e bonitos, até aí tudo bem. O problema é que metade deles tava pra fora do top, sem exagero. Acho que ela errou o número quando comprou. Ou na pressa de fazer a mala, se enganou e botou o top da filha de oito anos. Será que todas as minhas leitoras de Santos andam na rua assim, com os peitos pra fora?

Senti que o Jeitoso começava a se inquietar. Aproveitei que Marília pedia mais uma caipirinha pra ela e dei um tabefe no Jeitoso, plá!, te aquietaí, ô saidinho, não vai me estragar uma venda boa! Mas o perturbado não se aquietou, tive que cruzar a perna pro outro lado pra disfarçar. E diabo dessa mulher que não se levanta pra ir ao banheiro! Ô Marília, minha filha, você não mija não? Não, claro que não perguntei isso, imagina, também não sou tão sem noção assim, né? Que juízo você faz de mim!

Por falar em juízo, vem cá, leitorinha, me diz uma coisa com toda sinceridade... O que uma mulher pretende quando vai encontrar um cara pela primeira vez e deixa metade dos peitos pra fora da roupa, heim? Você, leitorinha, já fez isso? Não é possível que uma mulher faça isso assim de graça, sem ter noção da confusão que vai causar, principalmente pra sujeitos sensíveis como eu...

VOLTANDO À MESA. Lá tava eu confuso, sem saber o que deduzir. Tentava me concentrar na conversa de qualquer maneira, até virei a cadeira e sentei assim meio de lado pra não ter que olhar praquele par de melões morenos caindo do caixote da Ceasa bem na minha frente... e eu há mais de um ano sem comer. O Jeitoso, inclusive, já havia levado mais dois tapas e de nada adiantou, ele também queria ver os peitos da santista, claro.

É, tava difícil. A ideia de que aquela morena fornida podia estar interessada em algo mais que simplesmente comprar meus livros me deixava num estado tal de excitação e dúvidas e fantasias e nervosismo e esperanças e insegurança e expectativas que, de repente, tive medo de perder o controle e, sei lá, fazer uma besteira grande, tipo saltar pra dentro daquele decote, me agarrar nos peitos da morena ali na frente de todo mundo e ficar gritando lá pendurado: Fome zero! Campanha da fraternidade!! Eu podia tá roubando, mas tô aqui pedindo só uma chupadinha!!!

Olhei as horas no celular. Ela imediatamente perguntou se eu tinha pressa, e eu ia dizer que mais ou menos, mas ela me interrompeu e disse que fecharíamos a conta, que ela fazia questão de pagar, e que se eu não me importasse, nós dois iríamos ao hotel dela pegar o dinheiro dos livros, que ela queria comprar todos. Todos? Sim, quero todos, mas o dinheiro tá no meu quarto, vamos lá comigo pegar? Ahn, no seu quarto? Sim, no meu quarto, vamos?

Todos os livros... Vamos comigo no meu quarto... Aquelas palavras esvoaçavam feito borboletas zonzas em minha cabeça. Eu precisava responder algo, e de preferência algo assim que não revelasse meu estado de absoluta debilidade mental.

Subir, quarto, mim Tarzan, iú Jane – foi o que consegui dizer. Acho que foi uma boa resposta, pois ela sorriu e levantou-se, apontando pro hotel na outra quadra.

Fiz rapidamente umas contas pra saber quanto dava o total dos livros. Putz, daria pro supermercado do mês inteiro, que maravilha. E o Jeitoso, claro, fazia as contas dele: decote + caipirinhas + convite pra subir ao quarto = ripa na chulipa!!! Calma, Jeitoso, a lógica das mulheres não é como a sua, eu tentei explicar. Mas é como eu disse antes, leitorinha: quando eles estão assim, não tem jeito que dê jeito, como cantava o Raimundo Soldado. E quando eles estão assim há catorze meses, ou a gente vai logo pra guerra ou então volta pra casa e toca duas seguidas pra poder dormir.

Quando atravessamos a rua, deixei ela sair um pouco antes e finalmente consegui olhar a bunda da moça. Foi bem rápido, mas foi o suficiente. A santista era muuuito bem nutrida de glúteos. As curvas da marquesa de Santos. Ai, ai, ai...

Entramos no elevador e ela apertou o treze. Eu havia posto a mochila à frente da cintura, você sabe, o Jeitoso a essa altura parecia uma garrafa de coca-cola fechada depois de dez minutos chacoalhando, tava a um milímetro de explodir. Aí no dois a porta abriu, era o andar do restaurante, e um senhor entrou. Vestia terno e gravata, parecia que ia ou vinha de um jantar de negócios. Ele olhou pra Marília e, sério, perguntou se ela tava indo pro quarto. Ela respondeu que sim. Depois a porta abriu no treze e eu e ela saímos. Antes da porta fechar, percebi que o senhor olhava fixamente pra ela, muito sério.

Caminhamos pelo corredor até a porta de seu quarto. Não resisti e perguntei quem era o homem do elevador. E ela respondeu: Meu marido. Gelei no mesmo instante. Como assim, marido?, pensei, tentando organizar as ideias. Mas no Orkut o seu estado civil está como solteira, né? – pensei em perguntar. Mas desisti.

Primeiro aqueles peitões em minha cara. Depois me convida pra subir ao seu quarto. E depois me revela que é casada – e o marido tá ali no hotel! Afinal, leitorinha, que tipo de seres são vocês, heim? Por que vocês fazem isso?

ENTRAMOS NO QUARTO. Marília fechou a porta, acendeu a luz e disse que eu ficasse à vontade pois ela iria ao banheiro. O quarto era bacana, cama de casal, poltrona, abajur, cortina na janela, quadro bonito na parede, frigobar, controle de som e tevê na cama. Aproveitei pra olhar dentro do guarda-roupa: nada de roupas masculinas, que estranho. Será que o marido da marquesa tava hospedado em outro quarto?

O Jeitoso tava como eu, confuso, mas perguntou se eu tinha levado camisinha, ele sempre pergunta, menino atento, foi bem ensinado. Sim, eu tinha. Aliás, nos últimos tempos camisinha comigo sempre perdia a validade, que horror.

Marília voltou do banheiro e sentou na cama. E pediu pra eu sentar também. Sentei. Ela pediu que eu lhe mostrasse os livros. Abri a mochila, tirei e pus sobre a cama. Enquanto ela selecionava um exemplar de cada, eu tentava não olhar pro decote dela, parecia até que os peitos haviam crescido depois da ida ao banheiro. Marília perguntou quanto era, eu disse que era tanto mas daria um desconto, mas ela disse que não aceitava o desconto, tirou o dinheiro da bolsa e me entregou. Agora eu quero uma dedicatória bem especial, primeiro neste aqui – e me estendeu o primeiro livro.

– Quer tomar algo pra se inspirar? Um uisquinho?

Um uisquinho? Hummm, o que realmente aquela mulher tinha em mente? Bem, seriam seis dedicatórias especiais, eu precisaria de inspiração mesmo. Aceitei. Ela então levantou, abriu o armário e tirou de lá... uma garrafa de Jack Daniel's! Lacrada. Eu não acreditei quando vi. Acho que ela percebeu minha cara de idiota:

– Eu sabia que você ia gostar...

Putz. Minha bebida predileta. Ela certamente lera em meu site. Será que a morena comprara minha bebida predileta só pra que eu escrevesse umas dedicatórias nos livros dela? Ou havia algo mais? Será que ela havia bolado tudo aquilo, todos aqueles detalhes, o encontro no bar, o decotão assassino, o convite pra subir ao quarto, o Jack Daniel's, tudo aquilo pra me seduzir? Ou era apenas o jeito dela mesmo, simpático e espontâneo, e a minha mente pérfida, junto com o Jeitoso, claro, é que imaginava besteira? Mas... e o marido? Onde ele estaria naquele momento?

Tirei o lacre e devolvi a garrafa. Ela serviu dois copos, eu disse que queria sem gelo, ela disse que preferia com, pôs três pedras no dela e brindamos. Ao escritor, ela disse. Qual escritor? Você, seu bobo. Ah, claro... eu... a mim, claro... não, a mim e a você, à leitoa, quer dizer, à leitora do escritor...

Putz, leitoa é foda. Será possível que eu não consigo falar nada que preste nesses momentos? Pelo menos uma vez na vida eu bem que poderia fazer como os caras fodões do cinema, que mesmo nas situações mais inusitadas sempre dizem a frase perfeita que a mulher quer ouvir.

Brindamos e bebemos. Só o cheiro do Jack já me leva às nuvens, é sério. E o primeiro gole, hummm, o líquido descendo a garganta feito um fogo gostoso queimando por dentro, a saliva que, ato contínuo, inunda a boca, o calor no estômago... e um acorde de blues soando em algum lugar de minha alma, sempre, sempre toca um blues quando bebo Jack. Ah, leitorinha, beber esse uísque não é apenas beber um ótimo uísque, é beber junto a história do blues, é beber com Muddy, Buddy, Billie, Eric, Jim, Janis e todos os outros.

E tem outra coisa. Jack Daniel's é um poderoso excitante pra mim. No sentido sexual, inclusive. Não sei bem o porquê, mas é uma bebida que me deixa com tesão, que coisa louca, né? E se Marília sabia que eu gostava tanto do Jack, devia saber também desse complemento. Ai, ai. Que mulher era aquela?

Sentei-me na poltrona pra escrever as dedicatórias. Marília perguntou se eu não preferia escrever com música e antes que eu pudesse responder, ela ligou o rádio e Tim Maia preencheu o quarto com seu vozeirão, acho que era *Azul da Cor do Mar*. Achei ótimo. Mas quem disse que consegui escrever alguma coisa? Travei total, não consegui me concentrar. Aquela situação, eu e Marília naquele quarto, o lance do marido dela...

– Acho que preciso de outra dose... – pedi, após entornar o resto da primeira. E precisava mesmo, juro, meu coração tava aos pulos. Ah, se eu pudesse decifrar o que ela tencionava com tudo aquilo... Ou ela não queria nada, queria apenas brincar comigo e se deliciar com meu sofrimento? Gente, isso não se faz com o cidadão trabalhador. O que vocês ganham com isso, meninas, heim? Será uma espécie de necessidade atávica de vingança sobre os homens? Putz, logo comigo que defendo tanto vocês, que sacanagem.

INDECÊNCIAS PARA O FIM DE TARDE

Marília pegou a garrafa e enquanto me servia novamente, comentou que gostava muito daquela música. Então tomei coragem pra fazer a pergunta.

– Marília... ahn... você... aquele senhor...

– Depois você escreve – ela disse, me interrompendo e puxando delicadamente a caneta da minha mão. – Vamos dançar?

DANÇAR?, EU PERGUNTEI, talvez não tivesse ouvido muito bem. Sim, dançar, esta música é tão linda, ela respondeu, como se convidar pra dançar um escritor que tá no seu quarto de hotel autografando livros fosse assim a coisa mais normal, corriqueira e lógica do mundo.

Levantei da poltrona e no instante seguinte lá estávamos nós dois dançando ao som de Tim Maia, girando devagarinho no meio do quarto, coladinhos, rosto com rosto, o perfume dela... e os peitos a pressionar meu tórax, aqueles dois peitões impossíveis de não sentir... Eu afastava o rosto um pouquinho e podia vê-los logo abaixo do equador do meu queixo, os dois montes da perdição, aquele abismo entre eles sussurrando meu nome, Kelmitooo... Kelmitoooooooo..., sim, não sei se você sabe, leitorinha, mas há peitos que sussurram nossos nomes, é um mistério milenar, os Peitos Sussurrantes, ninguém explica. Poizé, eles sussurram, e aí lá estamos nós, Ulisses eternamente a resistir ao chamado das sereias... ou a se jogar de vez ao mar.

Pois Ulisses não resistiu. Livrou-se das cordas que o mantinham preso ao mastro e, tchibum!, joguei-me ao mar. Não deu pra resistir, seo delegado, me prenda, me jogue na masmorra, me leve à guilhotina, mas a certas coisas o homem peniano masculino simplesmente não consegue resistir, o senhor sabe, né? Não deu pra resistir, leitorinha: no instante seguinte meu rosto se encontrava entre os peitos de minha leitora, as mãos a arrancar o top, aquele par de peitos impossíveis saltando fora e minha boca absolutamente descontrolada, sem conseguir se decidir entre um e outro, entre o outro e o um, os dois ao mesmo tempo, os três se três houvesse.

Foi a poltrona que amparou nossa queda. Caímos sentados, eu na poltrona, Marília em meu colo, de frente pra mim, os peitos em minha boca. Eu todo era um par de mãos enlouquecidas e uma boca descontrolada, um andarilho esfomeado diante do par de mangas maduras e suculentas, eu era o Tesão em esTado bruTo. E Marília em meu colo, forçando minha cabeça contra suas mangas, o sumo delas já escorrendo da minha boca, eu gemendo, ela assanhando meu cabelo, cravando as unhas no couro cabeludo, ela também rendida ao descontrole do desejo urgente.

Então era isso mesmo que ela queria..., pensei, num raro momento em que meu pensamento perdido conseguiu unir duas ideias. Tá vendo, eu não disse, eu não disse?, mandou de lá o Jeitoso, a voz abafada pelo peso do corpo de Marília a esfregar-se sobre ele. É curioso... Paudagente só pensa em sexo mas, vendo as coisas do ângulo dele, o ângulo de baixo, tudo são bundas e bucetas, tocas pra entrar, reentrâncias a preencher. Não dá pra culpá-los por pensarem sempre assim. Ok, Jeitosão, você tava certo, nunca mais discutirei com você.

Então Marília levantou-se, deixando meu colo. Minhas mãos pareciam pregadas com velcro nos peitos dela, tão difícil foi soltá-los. De pé à minha frente, ela arrancou o que sobrava do top e libertou de vez seus peitos, libertas quae sera chupem. Não sei se você sabe, leitorinha, mas todos os peitos anseiam por serem libertados, e é por isso, arrááá!, é por isso que eles sussurram nossos nomes: eles clamam por seus libertadores. Os Peitos Sussurrantes, mistério resolvido.

Marília tirou o jeans, a calcinha e deitou-se na cama, todinha nua, e sussurrou: Vem, meu escritor tarado. Escritor tarado só podia ser eu, não havia mais nenhum escritor naquele quarto. Levantei da poltrona e cinco segundos depois já havia atirado longe roupa, meia e tênis e tava agora ao lado dela na cama. Foi nesse exato instante, admirando seu corpo nu ao meu lado, que o descontrole e a impaciência, de repente, cederam lugar a outra sensação, a velha sensação que me acomete quando chega o momento da união sexual e que me faz ser possuído por um misto de encantamento e reverência à Mulher, aquela súbita percepção do Sagrado que a figura feminina simboliza, a certeza de que outra vez serei instrumento da vontade da Deusa na reedição do casamento sagrado do feminino com o masculino.

Parece estranho falar disso agora, eu sei, mas é que o sexo pra mim é algo meio místico. E a mulher que tá comigo nunca é apenas uma mulher: ela é a Filha da Deusa. E por isso ela é também a própria Deusa. Que me escolheu, entre todos, pra ser seu cavaleiro no sagrado ritual da fertilidade e...

– Porra! Deixa de viadagem e me põe logo lá dentro! – berrou o Jeitoso, me interrompendo. O danado tava lá todo empertigado, parecia uma serpente naja pronta pro bote.

DEITEI MARÍLIA NA CAMA e por algum tempo admirei emocionado seu corpo nu, o moreno da pele contrastando com o branco do lençol, as marquinhas do biquíni, tudo formando um quadro mais bonito do que o melhor pintor jamais pintaria. Putz, como as mulheres ficam lindas neste momento em que todo o seu corpo é um chamado silencioso e ardente para...

– Que chamado silencioso o quê! – protestou o Jeitoso novamente. – Me bota logo lá dentro senão vou te denunciar à Sociedade Protetora dos Animais!

Ignorei o escândalo do meu pinto. Aquele era um momento especialíssimo e não seria um pinto falante e mal-educado que o estragaria. Depois de um ano e dois meses, eu estaria novamente dentro de uma mulher, que coisa! Tanto tempo... A secura chegara ao fim, finalmente.

Delicadamente pousei um beijo sobre o pé da representante da Deusa, meu gesto simbolizando minha rendição e reverência à sua beleza e ao seu mistério.

– Não tem mistério nenhum, idiota! Tudo que tu tem de fazer é me...

Deixei o menino maluquinho falando sozinho e continuei o ritual. E minha língua começou sua bela jornada pelo corpo de Marília, avançando lentamente pela trilha sinuosa de suas pernas, deixando pra trás um rastro de saliva agradecida. Ela passou pelo joelho, pelas coxas, demorou-se um pouco no interior delas e finalmente chegou a seu destino, feito o andarilho sedento que alcança o oásis onde saciará sua sede na fonte da água mais pura e saborosa.

Toc, toc, toc!!!

Não, não foi minha língua que bateu na porta do oásis. Até porque oásis não tem porta, né? Foi alguém que bateu na porta do quarto. Putamerda, o marido!, pensaram as minhas células, todas arrepiadas. E elas mesmas responderam, resignadas: Agora fudeu.

Como que eu pude esquecer do marido da outra, como?!

O susto foi horrível. E o que aconteceu depois foi bem rápido, nem sei como aconteceu. Só sei que no segundo seguinte após as batidas na porta eu me encontrava atrás da poltrona, todo agachadinho, parecia um embrulho ridículo. Tenho certeza que não saltei da cama direto pra lá, nunca fui ginasta olímpico. Acho que o susto foi tão grande que meu corpo se desmaterializou e, pufff, reapareceu atrás da poltrona, só isso explica a velocidade.

Marília levantou calmamente, vestiu um roupão, abriu a porta e o maridão entrou, bufando de raiva, o próprio incrível Hulk. Olhou no armário, não viu ninguém lá dentro. Foi no banheiro e também não viu ninguém. Então voltou e empurrou a poltrona com o pé. E eu apareci lá atrás, nu e agachado, morto de lindo.

– TU QUERIA COMER MINHA MULHER, ô cabeludo?

– Quem, eu?

– Com esse pinto murcho aí?

– Quem, ele?

– Minha mulher me falou muito bem de ti.

– Quem, ela?

– Tão bem que eu me apaixonei.

Ih, agora fudeu de verdade...

Não, isso não rolou. Rolou apenas em minha mente doentia de roteirista de sitcom enquanto eu me agachava atrás da poltrona que nem um guaxinim com dor de barriga e esperava meu triste fim. Roteirista tem esse vício, tá sempre retocando as cenas da vida.

Mas já que falamos de piada, tem aquela clássica em que o marido chega em casa e o amante da mulher se esconde atrás do aparelho de som, mas deixa o saco aparecendo, e aí o marido nota algo estranho no aparelho e a mulher diz que é porque mandou trocar o botão do volume, que agora o botão é penduradinho, novo dezáine, aí o marido quer testar e bota um disco da Maria Bethânia e aperta o saco do coitado achando que é o botão do volume, e o cara geme baixinho, segurando o grito, aí o marido diz que não tá ouvindo a música e, crau!, gira o saco do cara todinho, e aí o cara não aguenta e solta o berro: Aaaaaaaaaaaiiiiiiiiiiiii!!!!!!!!! E continua imediatamente, cantando: Minha Mãe, minha Mãe Menininhaaaaaaa...

INDECÊNCIAS PARA O FIM DE TARDE

– Já vai! – Marília gritou, enquanto vestia calmamente um roupão. Ela fez sinal pro guaxinim com dor de barriga continuar atrás da poltrona e se dirigiu à porta. O Jeitoso, coitado, tava mais apavorado que eu – cinco segundos antes ele era o fodão do pedaço e agora o infeliz tava tão encolhido que parecia que tinha entrado dentro do saco. O pinto que virou tatu. Ah, não ria, leitorinha, não seja cruel. Paudagente também é gente.

Escutei a porta abrir e percebi que Marília falava alguma coisa que não compreendi, pois o som do rádio continuava ligado. Depois escutei som de passos entrando no quarto, passos de homem. Agachei-me ainda mais, a testa colada no chão, e preparei-me pra morrer naquela posição ridícula, de bunda pra cima. Tão novo, quarenta anos, na flor da idade. Tinha um futuro brilhante pela frente, venderia livro que nem Paulo Coelho (mas recusaria a Academia de Letras), casaria com a Priscila Fantin num ritual xamânico à beira-mar, tomaria demorados banhos de Jack Daniel's em seu ofurô...

Pô, agora falando sério: tanta gente bacana aí pra morrer e morro eu!

Dizem que nesses momentos o filme da vida da gente passa diante dos olhos, né? Pra mim não passou filme nenhum. Tudo que vi, por baixo da poltrona, foi um par de sapatos pretos masculinos ao lado da cama. Depois eles deram meia-volta e saíram de meu campo de visão. E escutei a porta do quarto fechar.

– Pode sair daí, gatinho.

A voz de Marília, me chamando.

– Não, obrigado, tá bom aqui, miaaau...

Ela me puxou pelo braço e me mostrou a bandeja sobre a cama.

– Eu tinha pedido um lanchinho pra gente e esqueci, a recepção mandou deixar. Tá com fome?

Caramba, então não era o marido, era o garçom. Ufa! Bem, eu não tava com fome, mas talvez fosse melhor mesmo dar um tempo, forrar o estômago. Aproveitar e perguntar sobre o marido, vai que da próxima vez é ele quem bate na porta. Meu coração ainda ribombava no peito, afinal segundos antes eu tava a centímetros da morte e agora tava diante de um sanduíche árabe delicioso e de uma bela morena peituda vestida num robe branco me servindo uma nova dose de Jack. É, leitorinha, Diadorim tem razão, viver é muito arriscoso.

O LANCHE TAVA DELICIOSO, deu pra forrar bem o estômago, e o bendito Jack me fez relaxar. Mas só relaxei verdadeiramente depois que Marília me explicou tudo: ela e o marido viviam um casamento não muito ortodoxo, separados mas ainda morando na mesma casa, e como eram sócios num negócio, às vezes viajavam juntos e geralmente ficavam no mesmo hotel, em quartos separados. Eu não deveria temer nada, ela garantiu.

Putz. Gente civilizada é otrechoze.

Depois ela serviu mais Jack pra gente e riu muito, lembrando do meu jeito apavorado atrás da poltrona. Ri também, né, já dava pra rir da desgraça. Aproveitei e contei a tal da piada do marido que chega em casa e o amante se disfarça de aparelho de som, o que provocou uma crise de risos em Marília de tal forma que ela não conseguia mais parar de rir, e eu ria da risada dela, e durante um tempão ficamos nós dois lá na cama, nus e abraçados, gargalhando que nem dois dementes, rindo até chegar às lagrimas. Ai, rir é muito bom, e rir a dois, assim, é um prazer quase sexual. Sexo risal.

Enquanto aos poucos se esgotava o estoque de riso e nossos corpos se acalmavam, a boca de Marília começou a deslizar por meu peito, pela barriga, o umbigo... até chegar ao Jeitoso, já pronto pro serviço. Ela o envolveu delicadamente com a mão, sentindo-o pulsar, e falou baixinho:

– Ai, Jesus, que pau fantástico...

– Você diz isso pra todos...

– Eu juro.

– Ele é só três centímetros acima da média nacional, já pesquisei na Wikipédia.

Fiquei olhando a outra lá toda meiga em sua paixão à primeira vista pelo meu pau. Tem mulher que se apaixona pelo paudagente, é tão mimoso isso, dá vontade de tirar uma foto dela abraçada com ele pra levar sempre na carteira. Mas cá pra nós, leitorinha, o Jeitoso não tem nada demais. É até meio torto pro lado direito e tem uma marquinha que os fetiches sadomasoquistas de uma doida um dia me deixaram. Em concurso de beleza de pau, que nem aquele da piada do corcunda, ele levaria uma chuva de ovo.

Mas reconheço no parceiro uma grande virtude: ele é estrategicamente anatômico, vai enlarguecendo assim discretamente, como se pra permitir que o orifício se acostume com o volume dele, e assim, quando você se dá conta, pufff, El Ludibriador já tá todo serelepe lá dentro. É um chato convencido insuportável, mas é jeitoso, reconheça-se.

Poizentão. O Jeitosão teve que ralar pra caramba nessa noite. Um ano sem sexo, você sabe o que é isso? A sorte é que, como boa marquesa de Santos que é, Marília gosta muito do leriado, senão não teria aguentado as cinco horas, sim, cinco horas, de nheconheco. Aguentou com louvor toda a sequência de boquete, meia-nove, frango-assado, torninho frontal, torninho costal, diladinho, poltrona, janela, pia do banheiro, cachorrinho, segura-peão, carrossel da Xuxa, garupa de rã e a clássica posição chinesa ventania no bambuzal. Uau! A morena teve três, quatro, cinco, seis orgasmos, e eu sempre retendo o gozo, deixando pro granfinale.

Que maravilha quando uma mulher se entrega ao sexo livremente, sem pudores ou medo de ser considerada isso ou aquilo. Sim, eu sei que isso também depende de quem tá com ela, do quanto o outro ou a outra a deixa à vontade. Mas há mulheres que naturalmente gostam do sexo pelo sexo em si, como os homens, e se isso pode assustar alguns deles, a mim me fascina e encanta. Juro que não temo as mulheres livres.

Quando avisei que iria gozar, ela parou e sugeriu uma nova posição. E assim fizemos. Sentei-me bem na beirinha da cama com as pernas abertas, pra fora da cama, e deitei as costas. Marília ajoelhou-se no chão, entre minhas pernas, e envolveu meu pau com seus peitões generosos. Uma espanhola!, pensei, adorando a ideia de ser masturbado pelos peitos dela.

Hummm... Foi a melhor espanhola que já recebi nas últimas sete encarnações, inclusive a que vivi na Andaluzia. E o mais louco é que enquanto subia e descia seus peitos em torno do meu pau, ela ainda o chupava! Perfeito, leitorinha, simplesmente perfeito, só você tendo um pau pra saber como é.

Tive um orgasmo inesquecível, longo, intenso e emocionante. Urrei e me sacudi que nem um bicho agoniado. E ejaculei tanto que Marília se atrapalhou e não conseguiu engolir tudo. Quando eu enfim ressuscitei, lambi-lhe nos peitos e no pescoço as sobras fugitivas do meu gozo e as dividi com ela em sua boca. E logo depois apagamos os dois, bêbados, exaustos e em paz, abraçados sobre a cama em desalinho, roupas e lençóis e travesseiros e livros e pratos e copos e talheres pra todo lado, o hotel fora bombardeado, tudo destruído, Dresden após a bomba Orgasmoton.

DESPERTEI SEI LÁ QUE HORAS, ainda bêbado e de pau duro, e quando vi Marília nua ao meu lado, dormindo de bunda pra cima, não resisti. Como é que resiste? Ai, Marilinha.

Abri-lhe as nádegas e admirei seu cu retraído-depilado, tom castanho-médio. Um tipo com boa cotação no mercado, bom que se diga. E caí de língua. Aos poucos, sem pressa, ela começou a reagir às minhas lambidas. Passei gel no dedo e brinquei com seu cu, e aí sim ela começou a gemer. Depois dois dedos, depois três... e o resto foi com o jeitosão ludibriador de reentrâncias traseiras. E foi assim que ela acordou, sua bunda preenchida de mim, docemente estuprada em sonho real, Marilinha gemendo as palavras mágicas não para e mete mais, ô coisa boa encontrar uma mulher que tem prazer pela bunda. E foi assim, meio dormindo, meio acordada, que Marília gozou mais uma vez, agora comigo, coisa boa gozar junto, dois cometas cujas trajetórias se cruzam no infinito espaço sideral e explodem numa chama orgástica que por instantes aquece a eterna noite fria do Universo. Uau.

Quando despertei novamente, já amanhecia lá fora. Vesti-me rápido e peguei a mochila. A marquesa adormecida de Santos continuava lá, curtindo o céu dos guerreiros sexuais, sem imaginar o alcance do maravilhoso presente que ela me dera aquela noite e o tanto que eu lhe seria grato por todos os seculum seculorum. Deixei um beijo agradecido em seu generoso derriér e saí, me deliciando por saber que tava ali dentro o registro do meu prazer, hummm, diliça.

Minutos depois, enquanto esperava o ônibus na Nossa Senhora de Copacabana, não pude deixar de atentar pro significado de estar ali, numa rua com esse nome. A Deusa Eterna, reencarnada em trajes cristãos, ganhara nome de avenida. Bela homenagem, sem dúvida. Mas melhor homenagem lhe fazem sempre os amantes, ofertando-lhes a união de seus corpos e a essência sagrada de seus gozos transcendentais, reverenciando a Deusa do Amor e se fazendo instrumentos pra mais uma reedição do sagrado casamento alquímico entre o Feminino e o Masculino. Pro bem do mundo. Pro bem da vida.

Se o chato do Jeitoso estivesse em condições, ele já estaria reclamando desse papo místico. Mas ele agora era um morto-vivo, tadinho, dormiria o dia todo, só acordando pra mijar. Ele merece. Paudagente também é gente.

O ônibus chegou, hora de ir pra casa. A secura chegara ao fim, que alívio. Um ano e dois meses, que coisa... Só pode ter sido praga de ex, eu, heim!

Durante o trajeto a paisagem que eu via eram as cenas dessa história ridícula, todas as tentativas frustradas de sexo, tantas trapalhadas. Quem sabe um dia eu não escreveria essa história? Mas quem leria algo tão bizarro, punhetas, broxadas, um cara que conversa com seu pau?

– Tem gosto pra tudo, abestado – rosnou o outro lá embaixo, voltando, por alguns segundos, de sua dormência.

E outra vez o menino maluquinho tinha razão, precisei admitir.

A garçonete da minha vida
AS AVENTURAS DE DIAMETRAL E NINFA JESSI

NINFA JESSI E SEUS FETICHES. Que eu adoro, por sinal. Um deles é por garçonete. Pelas garçonetes e também por ser uma garçonete. Pra ela, é umas das melhores profissões que uma mulher pode ter na vida.

– Homens, mulheres e vodca toda noite, Gatão! E ainda ser paga pra isso!

Quando a conheci, pelo Orkut, Jessi tinha dezenove aninhos. Idade perfeita pra uma taradinha como ela se perder no lado bom da vida. De família do interior, mal esperou fazer dezoito anos: largou o namorado careta, a cidade que não entendia seu cabelo mutante e suas lentes coloridas e se picou pra capital, queria estudar Cinema. Dividia um quarto com uma amiga e trampava num espaço cultural, onde via filme de graça e estava sempre conhecendo homens e mulheres interessantes – conhecendo e comendo, claro, que ela desde então já não prestava. Jessi, a pequena tarada.

Mas, como ela gosta de dizer, tinha espaço pra mais adrenalina nas veias de sua vida. Na verdade, Jessi queria ampliar o diâmetro do mundo, o mundo que ela conhecia ainda era pequeno demais pra tanto sonho e tesão que ardiam em sua alma e em seu corpo. Ela precisava de mim e não sabia. Mas antes de mim ainda haveria alguns capítulos em sua vida.

Então o Bukowski abriu vaga pra novas garçonetes. Bukowski, o bar que toda menina má sonha ter no currículo. Era um barzinho rock'n'roll que era meio inferninho, onde as garçonetes faziam uns shows performáticos bem apimentados. Cara, o público enlouquecia, choviam gorjetas. A casa pagava academia pras meninas manterem seus corpinhos em forma e elas tinham até professora de dança. Era bem organizado o negócio. E lá estava a adrenalina de que minha pequena precisava.

Ela passou na entrevista, passou no teste de dança e aí ficou faltando apenas o teste final que a professora exigia. Adivinha onde era o teste final? Na cama da professora, claro, professorinha esperta.

Já perfeitamente ciente das delícias que uma xana proporciona, o tal do teste final não desmotivou minha pequena nem um pouco. E ela fez, claro. Mas a professora deve ter ficado com muita dúvida pois em vez de um só, fez um bocadão de testes finais com ela. O resultado é que as duas se apaixonaram, é mesmo difícil não se encantar pela Jessi, e assim a pequena tarada virou garçonete do Bukowski e foi morar com sua professora de dança.

– Mais que dançar, ela me ensinou a comer direitinho uma mulher, Gatão. Isso não tem preço, tem?

Ninfa Jessi não presta.

Vem desse romance com a professora outro fetiche de Jessi, que hoje ela não dispensa com nossas namoradas: a morena adorava que ela a comesse com aqueles paus de silicone, ficava louca, gozava horrores. Jessi diz que numa dessas vezes, sua morena de quatro e ela metendo forte, por alguns instantes deixou de ser ela mesma e de repente era um homem, e quase pôde entender realmente, de corpo e alma, o que é ser homem. Foi algo meio místico, que nunca mais se repetiria com a mesma intensidade, mas que sempre volta quando ela está dentro de uma mulher, e também quando ela me vê dentro de uma mulher – nesses momentos seu olhar sempre busca o meu, como se nele pudesse reencontrar a louca sensação que ela uma noite teve. Como se através de mim e do nosso amor, trepando com nossas namoradas, ela pudesse enfim ser o homem que ela não é.

Durante seis meses Jessi experimentou a felicidade que jamais tivera em sua vida. Tinha o emprego dos seus sonhos, ganhava bem, era querida pelos clientes e vivia seu lindo caso de amor. Seus shows no Bukowski? Eram dos mais aguardados, principalmente quando ela atuava com Sheilinha, a Sheila Dinamite. Todas as meninas tinham nomes artísticos e vem dessa época seu nome, Ninfa Jessi, bolado pela professora. Nome perfeito, combinava demais com ela, com os modelitos de ninfeta que ela usava, os lacinhos no cabelo – e, é claro, com seu apetite sexual. Não haveria nome melhor.

Mas nesse mundo os ventos mudam, né? O primeiro grande amor da vida de Jessi durou até o dia em que um vento em forma de loirinha desempregada bateu lá no Bukowski pra fazer teste pra garçonete. Exatamente, a professora trocou Jessi por ela. Pobre Jessi, sofreu pra caramba. Prosseguiu no emprego, mas deixou o apê da professora e alugou uma quitinete. O pior de tudo era ter que encontrar sua paixão quase todos os dias e se morder de ciúmes sempre que chegava garçonete nova na casa.

Foi por esses dias que eu fui lá no Bukowski. Nossa amizade, que havia começado numa comunidade bluseira do Orkut – sim, foi o blues crônico da vida que fez nossos caminhos se cruzarem – estava agora no estágio MSN, com papos quase diários. Já apaixonado pela pequena tarada, como ela mesma se chamava, e sabendo que trabalhava no Bukowski, me piquei pra lá. Cara, paguei a maior grana pra entrar, e tudo que eu tinha no bolso só deu pra tomar duas cervas. E ela nem me viu. Mas valeu a pena. Foi a primeira vez que meus olhos pousaram diretamente em Ninfa Jessi. E vê-la ali, com seu jeitinho cativante de moleca safada, dançando nua no balcão com outra menina, putamerda, foi inesquecível. Era a mulher perfeita, inacreditavelmente perfeita, assustadoramente perfeita. A Deusa-Ninfa dos meus sonhos que nem nos melhores sonhos eu havia sonhado. E sabe quando bate aquela certeza fulminante e inexplicável no destino? Bateu. No Bukowski, apertado no meio de outros caras e outras meninas que assistiam ao show, eu tive a calma certeza de que ali estava a mulher da minha existência, a deusa-diaba que seguiria comigo pela vida. Ali estava o motivo de eu acordar todos os dias com aquela dilacerante saudade do que eu nunca tinha vivido.

Faltava só ela também saber disso.

ÁREA VIP

COM O TEMPO, JESSI FELIZMENTE esqueceu a professora comilona de garçonetes e arrumou uma namorada – infelizmente uma machoninha escrota pra quem ela pagava tudo, e assim a grana suada que ela tirava no bar escorria toda nesse romance sem futuro. Mas Jessi estava novamente feliz. E eu? Eu ainda acreditando no destino inexplicável.

Até que um dia o gerente a flagrou escondendo um scotch doze anos na mochila, a garrafa pela metade, que ela ia dar de presente de aniversário pra machoninha. Jessi ainda tentou negar, mas a câmera registrara tudo. Fudeu. O Bukowski perdoava qualquer coisa, menos roubo. E agora ela não mais contava com a proteção da professora. Fudeu mesmo.

– Se eu te denunciar, garota, tu perde o emprego e ainda vai sujar dedinho lá na DP – ameaçou o gerente, um magrelo nojento.

– Ah, mas você não vai me denunciar, né?

– Depende de você...

Claro que tinha um preço pra se safar. E o preço ela pagou ali mesmo, no depósito, ajoelhada entre as pernas do sacana. Quando ela me contou, tempos depois, eu fiquei puto e cheguei a pensar em armar uma boa pra cima do tratante. Mas depois desencanei. Hoje até fico com tesão imaginando minha pequena, tão novinha e já tão focada em subir na vida. E, como dizia dona Galdina, da pensão onde morei, um copo dágua e um boquete não se negam a ninguém. Sábia dona Galdina.

Nos dias seguintes o gerente queria comer Jessi de qualquer jeito, o boquete foi pouco. Passou a chantageá-la direto, até que o ambiente ficou insuportável e ela não aguentou mais e pediu as contas. No mesmo dia contou tudo pra namorada, inclusive do famigerado boquete. E a outra não perdoou: terminou na hora o namoro. Foi aí que o destino inexplicável enfim se explicou. Porque foi aí que, arrasada e precisando de um ombro amigo, Jessi lembrou de mim, o velho amigo da internet.

A coitada chegou lá no meu cafofo de um jeito que dava pena, estava um trapo de gente. Numa só noite perdera emprego e namorada. Peguei uma cachaça boa que eu tinha, servi pra ela e prometi que logo rolaria outro bar pra ela trabalhar. Mas ela continuou chorando, inconformada. Botei um Doors no som, ela amava o Jim Morrison. Mas nada, nem o Rei Lagarto deu jeito, ela não parava de chorar. Mostrei uns poemas que eu escrevia, eram horríveis, hoje que eu vejo, e ela achou lindo mas, buááááá, caiu no choro de novo. O jeito foi comê-la chorando mesmo, por cima dos meus poemas.

E a história assim registrará: naquela sexta de dezembro, Diametral, que não era ainda Diametral, e Ninfa Jessi, que já era Ninfa Jessi, começaram oficialmente a mais bela e safada história de amor jamais contada, ele que a amava em silêncio havia um ano, ela chorando de raiva, desamparo e tesão. E se a história não registrar, faço logo eu: foram duas no colchonete, sendo a segunda ao som de *L. A. Woman*, e uma de pé na janela aberta, no rabo a pedido dela, a gente sentindo o cheiro do churrasquinho da esquina misturado com a fumaça dos ônibus que passavam na rua, nós dois misturados ao cenário caótico da cidade louca. Por que nenhum vizinho tirou uma foto?

Falando em foto, cara, eu adoraria mostrar as fotos e os filminhos que ela tinha, mas o trauma do Bukowski foi tão grande que Jessi deu fim em todos os registros. O bar dos seus sonhos, que por um ano foi sua melhor realidade, passou a ser um enorme vazio em sua alma, um vazio feito de frustração e saudade. Mas consegui recuperar duas fotos, ufa. A que Jessi faz biquinho foi feita um dia antes de eu ir lá, e por isso representa muito pra mim, gosto de dizer que ela está beijando o dia seguinte. A outra é de um dos antológicos shows, Jessi é a que está de costas e quem está com ela é Sheilinha, que, aliás, um tempo depois namorou a gente e nos aprontou uma inacreditável. Sheila Dinamite, o nome lhe faz jus. Mas isso é outra história.

O sonho do Bukowski se foi, mas o fetiche de Jessi por garçonete nunca acabou. E eu passei a vivê-lo junto dela, pelos bares que frequentávamos por esse mundão de doideiras. Então, em homenagem à minha pequena, montei um álbum especial, só com garçonetes. Algumas eu troquei o nome pra não complicar. Jessi foi resolver uma parada no interior, mas lá tem internet e eu sei que ela vai adorar a surpresa. Curte aí, boneca. E volta logo que teu Gatão está ardendo de saudade e de tesão.

A putinha do quartinho do fundo
AS AVENTURAS DE DIAMETRAL E NINFA JESSI

STRIPUTINHA. Foi o nome que Jessi escolheu pra sua personagem no serviço de strip-tease pela internet que ela criara. Striputinha, sua amante virtual, performance de vinte minutos, o cliente escolhe se ela será uma enfermeira, garçonete, policial e por aí vai. Ele deposita a grana e na hora marcada Jessi liga sua web cam no quartinho do fundo do apartamento, vestida conforme o gosto do freguês. Ninfa Jessi não presta.

Putz. Em menos de um mês de trabalho com strip cam minha pequena faturara o que eu ganhava em seis meses como jornalista. Sim, ganhava, pois não ganho mais: tô desempregado desde que o último jornal pro qual eu escrevia sucumbiu às pressões do MNBC, o famigerado Movimento Nacional pelos Bons Costumes, que nos persegue desde que eu e Jessi iniciamos nossa campanha pela ampliação do diâmetro do mundo.

– Agora sou eu quem vou te sustentar, meu amor – ela anunciou, toda animada, me mostrando o belo saldo da conta. – Diametral vai poder escrever o que quiser, na tranquilidade. E nunca mais vai pensar no aluguel na hora errada, viu?

Ela se referia a uma triste broxada que ocorrera comigo dias antes. Sim, broxar é sempre triste, mas daquela vez foi tristérrimo. Vou contar, mas vê se não sai espalhando por aí. Era aniversário da Dinda, uma ninfeta muito sapeca que Jessi conhecera na sex shop. Mês passado a danada fez dezoito aninhos e a gente a chamou pra comemorar num motel, a três. Pois no meio do bem-bom, taças de vinho, no som um blues sensual, clima maravilhoso... eu de repente broxei. E não teve jeito que desse jeito. A sorte é que Jessi continuou o serviço por mim, com o pau artificial, e nossa vizinha voltou pra casa com seu diâmetro devidamente ampliado, bem satisfeitinha da vida. Não sou do tipo encucadão com esse tipo de coisa, e não foi a primeira broxada da minha vida, mas que foi chato, foi. E a culpa eu botei no aluguel atrasado, na ameaça de despejo, na cara feia da síndica, essas aporrinhações que afetam o desempenho até de um galo. Mas voltemos ao assunto principal.

Pra encarnar Striputinha e assegurar o anonimato, Jessi usa perucas, lentes de contato, máscaras e maquiagem. Sempre me impressiono quando a vejo produzidona, parece outra pessoa. Algumas roupas e acessórios ela possuía do tempo que trabalhou como garçonete no Bukowski, onde fazia números eróticos, e o restante ela comprou baratinho na liquidação de uma sex shop.

A estreia foi com um cara de Cambé, que vira as fotos e o vídeo no blog da Striputinha e escolheu a personagem Colegial. Pois bem. Meia hora antes do encontro Jessi já andava pelo apartamento toda paramentada: sainha plissada, meias até o joelho, blusinha com gravatinha, caderno junto ao peito. E ainda tinha a indefectível caneta na boca semiaberta. Perfeito. Tão perfeito que senti uma coisa estranha, uma mistura de tesão, fascínio e... ciúme.

– Caramba, Jessi, você nunca se vestiu assim pra mim.

– Você nunca pediu... – ela respondeu enquanto se abaixava e fingia ajeitar a meia abaixo do joelho só pra que eu percebesse a calcinha da Hello Kitty enfiada na bunda. Ninfa Jessi não presta.

Na hora marcada com o cliente, quando ela entrou no quartinho, eu já estava lá, estrategicamente posicionado num canto ao lado da mesa do notebook. Estava ansioso, na verdade nervoso mesmo, pra ver a estreia da minha pequena no ramo do strip cam. Até parecia que eu nunca a havia visto dançar nua no Bukowski.

– Te manda, Gatão.

– Ahn?

– Dá licença eu ficar sozinha com meu cliente?

Ainda tentei argumentar, que eu ficaria quietinho, que o cara não me veria... Não teve jeito. Saí do quartinho e Jessi, ou melhor, Striputinha trancou a porta. E aí, fazer o quê numa situação dessa? Enchi um copo de vodca, claro, e fui beber na sala, enquanto do quartinho vinha a voz sussurrante de April Stevens cantando *Teach Me Tiger*, que foi a música escolhida por Jessi pra estreia da Colegial. Dei um gole na vodca e tentei me convencer de que eu não estava enciumado pelo fato da minha namorada naquele momento estar tirando a roupa pra um gordão punheteiro lá do interior do Paraná. Ciúme por quê? Era só um trabalho.

Vinte minutos e oito *Teach Me Tiger* depois escutei sua voz.

– Gatão...

Virei-me e o que vi? Vi a mulher mais linda do mundo. Já meio desmontada da roupa de colegial, uma meia faltando, um peito fora do sutiã... Parada na entrada da sala, encostada na parede, ela me olhava e se acariciava com a mão entre as coxas. Ainda era Striputinha? Ou já era Jessi novamente? Acho que eram as duas ao mesmo tempo. E eu conhecia muito bem aquela expressão...

– Me come. Agora.

Não foi um pedido. Foi uma intimação. Do tipo que mortal nenhum pode negar a uma mulher como Jessi. E não neguei. Puxei-a pelo braço e joguei-a no sofá, como bem merece toda colegial safadinha. Comia com violência e desespero, como se come a mulher que se ama mais que tudo na vida.

ÁREA VIP

OS CLIENTES DE STRIPUTINHA não demoraram a aparecer. Alguns a descobriram pesquisando na rede, afinal os homens costumam ser bons farejadores nesse ramo, e outros foram avisados pelos amigos, afinal os homens costumam ser especialmente solidários nessas horas. Quando começou, ela fazia quatro personagens: Garçonete, Enfermeira, Policial e Colegial. Depois criou outras, aliás, bem interessantes. As preferências variavam, mas desde o início a Colegial foi a personagem mais solicitada.

Logo Jessi percebeu que teria que ser flexível caso quisesse conquistar uma clientela fixa. Alguns caras, por exemplo, pediam que ela se apresentasse na cama, no banheiro, rodeada de livros ou brinquedos ou artigos de perfumaria... Houve um que queria que ela se masturbasse pra ele dentro do guarda-roupa vestida com roupas de ginástica, pois isso lembrava-lhe uma prima a quem ele costumava observar escondido pela fresta da janela. Todo mundo tem uma prima safada assim, né? Bem, se não tem, lamento. Então Jessi passou a usar também nosso quarto, que fornecia mais possibilidades. E depois passou também a usar a sala porque havia clientes que adoravam um sofazinho. Depois foi a vez da cozinha. Logo o apartamento inteiro era cenário das performances de Striputinha.

Ela também logo percebeu que poderia faturar bem mais aproveitando-se de certas taras que os clientes possuíam. Então refez a tabela de preços, adicionando como extra a introdução de objetos na buceta e no cu. Foi assim que passaram a fazer parte do cardápio coisas como dildos, escovas de cabelo, bananas, cenouras, ovos... Por conta dessa demanda por objetos introdutórios, Jessi criou a personagem Faxineira e sua vassourinha erótica, que evidentemente foi um sucesso imediato. Ninfa Jessi não presta.

A fama de Striputinha se espalhou e em dois meses Jessi já não tinha mais horários livres: sua semana estava totalmente preenchida, seis apresentações por dia. Durante metade do dia Jessi era Striputinha, pois quando não estava se apresentando, estava se montando e produzindo o ambiente. O sucesso de Striputinha nos permitiu pagar o aluguel atrasado e encher a geladeira de comida e birita, e Jessi pôde investir um pouco mais em figurino, perucas e objetos pra compor melhor os cenários. Via-se na cara dela como estava feliz e curtindo seu novo trabalho.

Alguns clientes faziam fotos de suas perfomances e as espalhavam pela rede, o que ajudava a divulgar Striputinha ainda mais. Como nem sempre as fotos ficavam boas e ela precisava de fotos no blog, virei o fotógrafo de Striputinha, com salário e tudo. E, além das fotos, ajudava também na produção, pesquisando e comprando com ela roupas e adereços. Fotógrafo e produtor, esse passou a ser meu trabalho. E também dava meus palpites. Um de seus personagens de maior sucesso, a Guerrilheira do Apocalipse, fui eu quem sugeri. A Guerrilheira tinha um visual meio futurista, estilo Exterminador do Futuro, e portava umas armas meio loucas. Os caras gozavam com a Guerrilheira do Apocalipse de calcinha, apontando uma arma de laser pra eles. É mole?

Porém, isso não era nada perto das bizarrices que rolavam. Houve um cara que, após uma negociação, aceitou pagar cinco vezes mais só pra ela meter um... Adivinha. Não, você não vai adivinhar. Meter um Jack Daniel's no rabo. Acredita? Pois foi.

– Não vou perder essa grana, Gatão. Você me ajuda?

– Ajudar como?

Foi assim que virei personal trainer de introdução anal de Jack Daniel's. Apesar de Jessi ser craque no anal, ela achou mais prudente treinar antes pra escolher as melhores posições. O treino foi tranquilo, apesar da anatomia do gargalo com a tampa não favorecer muito. Mas como não era tão grosso, deu tudo certo e ela adorou, ficou superexcitada com a situação. E eu também. Ver minha pequena de quatro e de cócoras com um Jack enterrado no cu foi uma visão incrível.

– Acho que já tô treinada, Gatão. Agora arranca essa garrafa daí e enfia teu pau que preenche bem melhor.

A apresentação rolou, o cliente gostou e a grana compensou o trabalho todo. E Jessi passou a oferecer a opção Jack Anal no cardápio da Garçonete, com preço quintuplicado.

Aos poucos meu ciúme foi diminuindo e o strip cam de Jessi passou a ser algo absolutamente rotineiro. Mas suas personagens continuavam me excitando e eu, evidentemente, só sosseguei depois que comi todas elas. Jessi, porém, continuou me proibindo de assistir às suas apresentações.

– Por favor, Jessi, só uma, vai, não faz isso comigo...

– Quem sabe um dia – ela sempre respondia, sádica.

Ninfa Jessi não presta.

Começando por trás
AS TARAS DE LARA

LARA TINHA TREZE ANOS quando o fogo avassalador dos desejos lançou suas primeiras labaredas sobre ela. Foi na época em que começou a namorar Fabinho, que era três anos mais velho e que se apaixonara à primeira vista pela menina de formas já bem arredondadas e de jeitinho muito sapeca que um dia ele conheceu na fila para ver *Harry Potter*. Seo Gilson e dona Eudora se assustaram com a precocidade da filha única, tão novinha e já querendo namorar sério, mas consentiram que Fabinho a visitasse aos sábados, e só, que era para não atrapalhar os estudos.

Numa noite, quando o namoro já contava um ano, e como sempre acontecia quando ele a visitava, seus pais ficaram na sala vendo TV enquanto eles namoravam comportadinhos que nem dois anjinhos no sofá da varanda. Quando acabou a novela, seo Gilson, como sempre, perguntou se eles queriam ver algo na TV e Lara disse que não. Ele desligou o aparelho e, antes de se recolher ao quarto com a mulher, pediu que a filha não esquecesse de apagar as luzes. Era seu modo sutil de dizer que Lara tinha cinco minutos e nem um segundo a mais para botar o namorado para correr.

– Pode deixar, papis. Boa noite, durma bem – respondeu a menina Lara, meiga e obediente como sempre, a menininha do papai.

Pelo espelho na parede da sala, que ela tratava de manter sempre estrategicamente posicionado, Lara viu os pais entrando no quarto e fechando a porta. Então, rapidamente, abriu a calça do namorado, pôs seu pau para fora e começou a lhe tocar uma punheta. Como não havia prédio vizinho e a única ameaça à privacidade do jovem casal vinha de dentro, Lara nesses momentos ficava vesga: era um olho no peixe e o outro lá, no espelho da parede. E os ouvidos hiperatentos a qualquer som que viesse do corredor.

Fabinho marcou o tempo em seu relógio, recostou-se no sofá, fechou os olhos e tratou de aproveitar, como vinha fazendo nas últimas semanas, desde que a namorada aprendera a nobre arte da punheta completa, com direito a chupar e engolir, e tudo em cinco minutos. Dessa vez, porém, Lara suspendeu o ato pela metade e, sem avisar, puxou da bolsa e lhe entregou uma camisinha, dessas que já vêm lubrificadas. Fabinho, surpreso, demorou alguns segundos para reagir, ô Fabinho. Mas felizmente reagiu e, no instante seguinte, pluft, a camisinha já estava posta no devido lugar. Lara então suspendeu a saia, baixou a calcinha e sentou sobre o pau ereto, tudo feito num silêncio de mosteiro. De costas para o namorado e sempre vigiando o espelho, ela guiou-o para dentro de sua bunda com urgentes e desajeitados movimentos de sobe e desce, sentindo mais prazer que dor, enquanto Fabinho, ainda meio abobalhado, simplesmente não acreditava que estava enrabando sua namorada.

Dois minutos depois o corpo do garoto sacudiu-se todo e ele gozou, mordendo o próprio braço para não fazer barulho. Lara, envolta na inebriante sensação que lhe dava aquele tubo de carne pulsante em seu cu, prosseguiu subindo e descendo, querendo mais, porém Fabinho pediu que ela parasse, só um pouquinho. Mas ela realmente queria mais, estava muito bom, e continuou, ainda mais forte, o que obrigou o namorado a afastá-la de uma vez. A contragosto, ela levantou-se e Fabinho mostrou-lhe o relógio: cinco minutos. Ela suspirou, resignada, melhor não abusar da sorte, e teve de se contentar com chupar o resto de gozo que ficara no pau semiamolecido. Após se recomporem, Lara o acompanhou até a porta e se despediram, Fabinho parecendo um zumbi, ainda sem acreditar.

E ela? Ah, Lara dormiu feliz, quase eufórica, abraçada ao ursinho de pelúcia: agora não era mais virgem. Aos catorze anos, sentia-se de repente mais adulta, sentia-se especial, era uma sensação maravilhosa. Mas junto da felicidade havia um sabor de desapontamento, por não ter feito mais, fora tão pouco, tão pouquinho... E por que pelo cu? Porque tinha verdadeiro pavor de engravidar – um ano antes sua prima embuchara por causa de uma camisinha furada e um aborto malsucedido quase a matara. O conselho, pois, veio justamente da prima: Dá o cu, Larinha, que nunca vai ter perigo de pegar barriga. Conselho seguido. E em seu blog secreto, que só ela podia acessar, Lara no outro dia deixaria o registro da experiência: *Ameeei dar o cu Prazer em ondinhas Caraca, a gente se sente tão safada Quero maissssssssssssss.*

ÁREA VIP

FOI O QUE ELA SENTIU, um prazer muito gostoso que chegava em ondinhas, a tomar conta de seu corpo, de sua mente, de tudo que era ela. Uma sensação muito louca, uma coisa assim meio de bicho. Mas não soube exatamente se teve ou não o tal do orgasmo. Segundo suas pesquisas na internet, orgasmo parecia ser algo maior, algo que levava a mulher a gemer, gritar e em alguns casos até a chorar. Algo assim como se fosse espancada. E, pelo que lera, a mulher podia também gozar pelo cu. E masturbação? Sim, já havia se masturbado, mas não viu muito sentido na coisa. Sozinha – que graça tinha?

Na semana seguinte, ela repetiu a dose. Esperou os pais saírem da sala, tocou umazinha rápida no namorado e, crau, sentou-se sobre ele, o olho firme no espelho da parede. O garoto viu maravilhado seu pau entrando e saindo da bunda da namorada, e antes que pudesse duvidar que a vida lhe dava novamente aquele incrível presente, estremeceu e gozou, como da primeira vez. E ela, também como da vez anterior, continuou subindo e descendo, querendo mais, ainda devia ter trinta ou quarenta segundos de crédito. Mas Fabinho a afastou e a ela coube, outra vez, contentar-se com chupar o resto do gozo do namorado, mas com uma cara emburrada desse tamanho.

Na outra semana, de novo. Na seguinte, a mesma coisa. E assim passaram a ser os dias de Lara, uma espera angustiante pelo sábado, quando o namorado viria para enrabá-la assim que os pais se recolhessem. No dicionário, aprendeu que era luxúria o que sentia, uma sensação urgente que a dominava onde estivesse, um clamor irresistível de todo seu ser por sexo, sexo, sexo, e que a sodomizar ela preferia o termo enrabar, era mais safado, mais animal. E se especializou em fazer a coisa tão rapidamente que chegavam a ficar totalmente nus na varanda, porque Lara queria assim, sem roupa, era mais excitante e perigoso, e em matéria de sexo, quando ela queria, Fabinho já sabia que tudo que ele tinha que fazer era obedecer. Pronto, Fabinho, eles entraram, vai, tira a calça, rápido, schlurp-schlurp-schlurp, toma, põe a camisinha, vem, vem logo, me enrabaaaaa...

Pesquisando na internet, Lara descobriu coisas interessantes. Um gel, por exemplo, facilitava a coisa que era uma beleza. E aprendeu a fazer a lavagem íntima com a duchinha do banheiro a fim de deixar o cu mais limpo para o ato. E descobriu também que podia apertar o pau usando os músculos do cu, como se o estrangulasse, e que eles se chamavam esfíncteres, os tais músculos, e que Fabinho adorava isso. E, é claro, experimentou todas as posições que a varanda podia lhe oferecer: no sofá, encostada na sacada, apoiada na mesinha, no chão... Com quinze aninhos, quem diria, a menina Lara se tornava profissional do anal.

Mas ela queria mais, muito mais. Pois, de tanto insistir, não é que a danadinha conseguiu liberar um segundo dia de namoro na semana? Agora Fabinho a visitava também no domingo à tarde. Mas, infelizmente, o horário das cinco às oito não era dos melhores. Apesar de agora poder descer e namorar no jardim do prédio, o movimento no local era grande, Lara não podia nem segurar o pau do namorado, isso era muito injusto.

Só uma vez. Ser enrabada só uma vezinha por semana. Era pouco, pouquíssimo, Lara não se conformava. Aquilo não era sexo, era uma esmola, isso sim. E ainda ter que fazer tudo em cinco minutos? Não, era pior que esmola, era uma tortura. Precisava dar um jeito, não aguentava mais.

A saída veio quando surgiu a sexta do karaokê num bar que os amigos de seo Gilson e dona Eudora frequentavam. Eles foram lá uma vez e levaram Lara que, nessa noite, teve a ideia salvadora. Na vez seguinte, quando os pais a chamaram para ir novamente, ela lamentou não poder, pois tinha prova na segunda-feira e precisava estudar. E, como estratégico reforço da mentira, disse que inclusive Fabinho não iria visitá-la no domingo, justamente para que ela pudesse dar conta da matéria. Os pais, orgulhosos do senso de responsabilidade da filha, foram satisfeitos para o bar e Lara ficou em casa. Sozinha.

Quinze minutos depois, ela desceu e Fabinho a esperava na calçada. Conversaram um pouco e foi só o porteiro deixar a portaria por dez segundos para ela puxar o namorado pela mão e seguir num

INDECÊNCIAS PARA O FIM DE TARDE

passo rápido, mas discreto, até a escada, por onde subiram em total silêncio. Lara lhe repassou o plano: ficando na varanda, ela escutaria o portão da garagem abrindo quando os pais chegassem e, assim, ele teria tempo suficiente para se vestir e descer pela escada. E que ele não se preocupasse com o porteiro, pois toda sexta tinha torneio de sinuca no salão de festas e sempre ia gente de fora jogar.

Mas infelizmente Fabinho, ô Fabinho, não conseguiu relaxar, morrendo de medo que os pais dela chegassem de repente. Lara tentou de tudo, mas o pau do namorado continuou daquele jeito, meio sem convicção, e ela aprendeu que em matéria de sexo anal, é como se a portaria do estabelecimento barrasse sempre a entrada de paus sem muita convicção. Desesperada, disposta a não passar em branco aquela noite, ela deixou Fabinho a sós e pouco depois voltou trazendo o que encontrara na caixa dos enfeites de Natal: uma vela artesanal, de cor vermelha, inclusive de comprimento e espessura maiores que o pau do namorado.

Enquanto Lara arredondava as bordas da vela, Fabinho relutava, olha, Lara, não sei, eu sinceramente não acho necessário... Mas Lara pôs a vela em sua mão com um gesto imperativo e se debruçou na grade da varanda, nua e de pernas abertas:

– Não quero saber o que você acha.

Tudo, menos uma Lara sexualmente contrariada – Fabinho já sabia disso. Nesses momentos de frustração, ele havia muito estava ciente, Lara se transformava totalmente, e a menininha doce e delicada parecia que jamais em tempo algum havia existido. E assim foi que naquela noite a imponente vela vermelha tomou o lugar do pau de Fabinho no cu da menina Lara. E ele se impressionou de ver como um objeto daquele tamanho podia sumir inteiro dentro de sua namorada, que coisa. E enquanto ele se impressionava, Lara contorceu-se, deixando uma perna apoiada na grade, e virou-se, conseguindo abocanhar o pau do namorado que, pelo modo com que logo cresceu em sua boca, apreciara bastante a manobra corporal da menina. Ao ver a súbita e bendita mudança no tamanho do dito cujo, ela não titubeou: puxou a vela de seu cu, debruçou-se novamente na grade e ordenou ao namorado que agisse, e logo. Fabinho, novamente animado, agiu e agiu bem, aê Fabinho, parabéns. E a primeira das sextas de karaokê felizmente terminou bem.

E no blog ficou lá a avaliação: *Gente, karaokê é a melhor coisa do mundoooo Recomendo aos pais de todas as minhas amigas.*

A partir daí, sempre coincidia de Lara ter prova na segunda-feira toda vez que os pais decidiam ir para a sexta do karaokê, muita coincidência mesmo. E nas outras que se seguiram, ela fez questão de usar a vela, não porque realmente carecesse, mas porque agora eles tinham duas horas para brincar, inventar posições, e o fetiche da vela a excitava demais, era algo muito safadinho, ela adorava.

E O TAL DO ORGASMO? Lara continuava sem saber se já havia tido algum. Sim, o sexo era supergostoso, ela sentia prazer, sentia as ondinhas a percorrer seu corpo, mas... seria orgasmo? Pois bem. Uma noite, ela finalmente pôde saber, de verdade, o que era esse negócio de que tanto falam – mas infelizmente foi no sábado, o dia oficial de namorar, e por isso ela não pôde aproveitar e degustar devidamente a descoberta. Dessa vez não foram ondinhas, foi um tsunami que varreu toda a praia do seu corpo, da sua alma, da cabeça ao dedão do pé, levando pela frente tudo que era Lara.

O grito que na hora lhe escapou pela boca, algo assim como uma mistura de uivo de lobo gago com sirene de bombeiro desregulada, fez seo Gilson bater o recorde mundial de velocidade e correr do quarto à sala em dois segundos, ainda a tempo de ver a filha no chão, nua, subindo e descendo sobre o corpo do namorado. E se Fabinho não a empurra, provavelmente até hoje ela estaria lá subindo e descendo.

– Filha, amanhã a gente conversa com calma – falou a mãe, sozinha com Lara no quarto, depois de seo Gilson expulsar Fabinho debaixo de cascudo. – O que eu quero que você me diga, por enquanto, é há quanto tempo vocês vêm fazendo isso que fizeram hoje na varanda.

Lara, acanhada, respondeu a verdade, um ano e meio.

– Não acredito... Você faz sexo desde os catorze anos?

Lara confirmou. Se contassem também os boquetes, desde os treze. Mas isso a mãe não precisava saber.

– Sempre usaram camisinha?

Lara, novamente sincera, disse que sim.

INDECÊNCIAS PARA O FIM DE TARDE

– Obrigado. Agora quero que você se lave muito bem e amanhã cedo vamos ao ginecologista, tá? Boa noite.

Depois, no quarto com o marido, ela repassou a informação. E seo Gilson, mais arrasado ainda, precisou tomar lexotan para poder dormir.

No dia seguinte, após a consulta, o médico falou para dona Eudora que estava tudo bem com sua filha e que podia garantir que ela era vaginalmente virgem – mas não podia garantir o mesmo em relação ao orifício de trás. No trajeto de volta, dona Eudora, para começar tudo que tinha a dizer, anunciou à filha que ela estava proibida de namorar. Lara protestou, chorou, implorou, mas a mãe bateu o pé e disse que aquilo era assunto resolvido. E em seguida, não se aguentando mais de curiosidade e aflição, perguntou o que ela e Fabinho estavam exatamente fazendo antes deles chegarem.

Lara respondeu, meio acanhada, que era sexo anal. A mãe quis saber quantas vezes já haviam feito aquilo. E Lara novamente respondeu a verdade. E dona Eudora ficou boba. Por um lado, sentia-se aliviada por saber que a filha ainda era vaginalmente virgem e que não corriam o risco de lidar com uma gravidez precoce na família, mas, por outro lado, ficou em dúvida sobre o que diria agora ao marido. A um pai já traumatizado por descobrir que a filha não era mais virgem e que havia um ano e meio trepava na varanda com o namorado enquanto ele, a alguns metros de distância, escovava os dentes, talvez não fosse muito agradável revelar que, sim, na verdade ela ainda era virgem, mas só na frente pois todas as noventa e cinco vezes foram rigorosamente pelos fundos.

– Noventa e cinco? Tudo isso, filha, tem certeza?

Lara pensou um pouco. Tecnicamente, digamos assim, o número correto era pelo menos o dobro, já que nas sextas do karaokê o tempo permitia duas ou três sessões. E sem contar com a vela, claro. Mas decidiu que tais detalhes a mãe não precisava saber.

– Por aí, mamis, por aí.

E, assim, poupado da traseira e inconveniente verdade, seo Gilson teve que conviver com a dor de saber que um ano antes já era pai de uma ex-virgem de catorze anos. Sentava-se à mesa do almoço e a odiosa não virgindade da filha querida, tão nova, estava ali presente, sentada também, a caçoar dele. Para dona Eudora, porém, o quarto membro da família, a dividir com eles a mesa de todos os dias, era o número 95, um número imenso, gordo, espaçoso – e inacreditável. Naquele silêncio constrangedor em que se transformaram os almoços, ela mastigava fazendo contas, e percebia, não sem uma pontinha de inveja, que para alcançar o número que a filha alcançara em pouco mais de um ano, ela precisaria juntar os dezesseis anos de casada, e isso incluindo atrás e na frente. E para Lara, tudo soava meio louco, um teatro do absurdo. Várias vezes, sem suportar aquela diária imagem paterna do desapontamento, quis ser novamente a filhinha meiga e obediente de seu papai, pegar sua mão e dizer, consoladora: Papis, fica rilex, eu dei o cu, só isso.

Mas já não era mais essa filhinha. E se uma parte de Lara lamentava o desgosto causado aos pais, uma outra parte já ardia de vontade de sentir novamente aquilo que fazia as mulheres berrarem feito loucas descabeladas. Mas como, se agora não podia mais namorar?

BEM, TODO MUNDO SABE que para essas coisas sempre dá-se um jeito. Lara saía com as amigas, e Fabinho ia encontrá-la onde estivesse. Como ele já possuía habilitação para dirigir, o namoro agora, além do status de proibido, que era ainda mais excitante, passou a contar com sexo motorizado, o que fez com que Lara desenvolvesse uma interessante especialização: sexo em porta-mala de Parati. Requeria certa disposição e avançadas técnicas de alongamento, é verdade, mas era compensador. Eles abaixavam para frente o encosto do banco traseiro, arrastavam-se até o porta-mala, que era coberto na parte superior, e era lá que ele a enrabava, os dois suando que nem chaleira, espremidos no espaço apertado – mas protegidos dos olhares curiosos dos transeuntes, que apenas achavam um tanto estranho aquele carro parado na rua balançando sozinho. E agora, sem a neura de ter de vigiar espelhos, Lara relaxava mais e o resultado eram orgasmos anais cada vez mais intensos. Intensos e ruidosos. *Fabinho tapou minha boca pra eu não gritar Odeeeio isso Mordi o dedo dele Bem feito.*

Os escândalos orgásmicos de Lara não agradavam muito ao namorado, e ele um dia comentou algo sobre isso. Mas ela nem ligou. Foi por essa época que começaram os desentendimentos. Um deles era porque, embora nada tivesse contra o fato da namorada adorar

INDECÊNCIAS PARA O FIM DE TARDE

sexo anal, Fabinho também não acharia nada ruim variar de reentrância. Em Lara, porém, ainda era enorme o medo de engravidar, e ela negou: ou pelo cu ou nada. É claro que ele, perfeitamente ciente da sorte de ter uma namorada que fazia o que a sua fazia, nem ousou argumentar.

Quando o pai de Fabinho pôs vidro fumê e ar-condicionado no carro, ah, a menina Lara não perdeu tempo e adquiriu nova especialização, agora em turismo sexual. Funcionava assim: ela sentava no colo do namorado e, em vez do carro ficar estacionado, eles passeavam faceiros pela cidade, ele dirigindo e ela subindo e descendo sobre o pau dele, o trânsito congestionado e ela lá, toda nua e feliz, o pau do namorado atolado em sua bunda. Quando ela gozava, caía sobre o volante, e aí o som da buzina se unia aos seus uivos e berros formando uma estridente sinfonia gozosa, o que levou Fabinho a desligar a buzina sempre que saía com Lara. E ele, por sua vez, quando sentia que ia gozar, procurava a primeira vaga, parava em fila dupla, subia na calçada, valia qualquer coisa. *Hoje Priscila atravessou a rua bem do nosso lado Fabinho todo dentro do meu cu Baixei o vidro pra ela me ver e ficar com inveja Fabinho não deixou Chatoooo.*

Até que um dia a coisa não funcionou direito. Nesse dia, enquanto Lara era engavetada por trás, o carro, páááá, engavetou forte na traseira de um ônibus. Ninguém se machucou, só o carro mesmo, e o guincho teve que ser acionado. No trajeto para a oficina, dentro do carro que seguia puxado pelas ruas, Lara tentou convencer Fabinho a terminar o serviço, seria interessante trepar na inclinação de 45 graus, e sem se preocupar com o trânsito, olha que delícia. É, seria uma delícia, e ele bem que tentou, mas por mais que Lara caprichasse no boquete, Fabinho, ô Fabinho, só pensava na bronca que levaria do pai, o prejuízo, a mesada cortada, e assim o turismo sexual daquele dia infelizmente não pôde ser concluído.

Lara ficou muitíssimo contrariada. Não era a primeira vez, nem a segunda, nem a terceira, que ela queria mais e o mais não acontecia, porém dessa vez ela ficou especialmente irritada e acusou o namorado de só pensar em dinheiro. E ele revidou, dizendo que ela era doente, só pensava em sexo. Em outras ocasiões Fabinho já havia dado a entender seu incômodo com o exagerado apetite sexual da namorada, é verdade, mas nunca assim com essas palavras.

– Ah, é? Então vá trepar com a grana do seu pai! – ela respondeu, ofendida, os olhos chispando de raiva.

Quando o guincho parou no sinal, ela abriu a porta e saltou, voltou andando para casa, a cara desse tamanho. Nos dias seguintes, Fabinho insistiu para que voltassem o namoro, estava arrependido do que dissera. Mas ela agora não queria mais.

Foi assim que, após três anos e cento e quarenta e sete enrabadas depois, contando só o primeiro acesso do dia, Lara se viu repentinamente solteira e, além disso, numa estranha condição: tinha dezesseis anos e era a rainha do anal – mas uma virgem vaginal.

Quarta é dia de dar na escada

AS TARAS DE LARA

NO ANIVERSÁRIO DE DEZESSEIS ANOS, Lara ganhou dos pais um celular novo. De dona Eudora, particularmente, ganhou um novo ursinho de pelúcia e, numa conversinha particular de mãe para filha, ganhou também a revogação da proibição de namorar. Lara teve vontade de dizer: Namorar oficialmente, né? Mas ela não era de cometer esse tipo de indelicadeza, de forma que sorriu agradecida e abraçou a mãe, que a beijou com muito carinho, porém... com uma forte suspeita de que aqueles doze meses de proibição de namorar não serviram de nada: ela conhecia bem a filha e sabia que por trás daquela carinha de bebê que teimava em não ir embora, ardia o tal fogo que castigo nenhum consegue apagar.

Para a menina Lara, que já não era mais tão menina assim, a permissão dos pais não mudaria muita coisa na prática. Fazia apenas um mês que ela havia terminado o namoro secreto com Fabinho e, em três anos, era a primeira vez que estava solteira. Se, por um lado, não tinha nenhum homem para chamar de seu, por outro lado estava livre para ter novas experiências. E era exatamente isso que ela queria: experimentar.

Um mês que não transava. Isso era demais para quem desde os catorze anos nunca havia ficado uma semaninha sequer sem sexo. Sexo anal, claro, que ela ainda não havia se livrado do pavor de engravidar. E agora, um mês na seca total. Além do calor insistente no meio das coxas, Lara descobriu que o tesão acumulado a deixava com um mau humor dos infernos.

Naquela mesma noite do aniversário de dezesseis anos, deitada na cama, sem sono, e lembrando das transas com Fabinho, ela não resistiu ao charme do Nicolau. Foi esse o nome que ela deu ao novo ursinho. De repente, lá estava o Nicolau entre suas pernas, peludinho, quentinho... Sim, nunca havia sentido prazer com masturbação, mas é que o Nicolau tinha um focinho interessante, anatomicamente perfeito para os dengos solitários. Foi uma noite memorável. Com Nicolau, Lara finalmente descobria para que servia o tal do clitóris. Em seu blog secreto, ela deixou registrado: *Ganhei uns presentes legais mas o melhor foi aprender a ter prazer sozinha O que a secura não faz, heim!*

Até que Nicolau ajudou nossa menina naquela noite e nas seguintes, mas não era a mesma coisa que sexo, né? Por isso, dias depois Lara já estava novamente mal-humorada. No colégio havia uns caras interessantes, e ela estava quase se decidindo por um loirinho metido a poeta, o Juca, que já havia inclusive feito um poema para ela... mas ela queria experimentar algo diferente. Queria homens mais velhos. É, meu camarada Juca, você chegou na hora errada.

Quando a seca atingiu o calamitoso nível dos dois meses, e Lara já estava até chupando maçaneta, finalmente aconteceu, ufa. Foi numa quarta-feira. Toda quarta ela ia diretamente do colégio para o apartamento da colega Didica, para estudarem juntas. Nesse dia o Jorge, primo da amiga, apareceu por lá para consertar uma tevê. Foi ele entrar na sala para Lara sentir novamente o velho e conhecido fogo a lhe subir pelas coxas, e aí, cadê que ela conseguia se concentrar na tabela periódica? Jorge tinha vinte e sete anos, trabalhava numa oficina de eletrônicos e não era muito bonito, mas tinha um jeitão de homem rude que seu ex Fabinho estava longe de ter, e Lara simplesmente adorou aquilo. Até então o único homem com quem transara foi Fabinho, que tinha quase a sua idade.

Pois a danadinha não perdeu a chance: levantou da mesa, foi ao banheiro e, na volta, passando pela amiga, disse-lhe que iria descer à rua para comprar chocolate. E, na saída, pôs discretamente na mão do Jorge um papelzinho dobrado. Dez minutos depois os dois se encontraram na penumbra da escada, entre o nono e o décimo andar. Ele puxou-a para um beijo, que Lara aceitou, mas só por uns segundos – ela rapidamente se agachou, abriu a calça do moço, pôs seu pau para fora e começou a acariciá-lo. Pego de surpresa, Jorge olhou ao redor, preocupado, enquanto Lara passava a punhetá-lo, determinada a fazer aquele pau endurecer de qualquer maneira, e logo. Aliás, era um pau bem diferente do de Fabinho, ela percebeu, um pouco menor e meio tortinho para o lado... Bem, depois de dois meses de secura, é a tal coisa: um pau é sempre um pau e vamos nessa.

INDECÊNCIAS PARA O FIM DE TARDE

Percebendo que a menina estava realmente decidida, e não era todo dia que esse tipo de coisa acontecia na vida do cidadão trabalhador, muito menos com colegiais lindas e angelicais na penumbra das escadas, Jorge apoiou as costas na parede e tratou de aproveitar. E quando sentiu a boca da menina a envolver gulosamente seu pau, como se chupasse o derradeiro picolé do mundo, a boquinha maciazinha a ir e vir num movimento contínuo e ritmado, ele achou que estava sonhando, sim, era isso, estava sonhando... E Lara, percebendo que por fim alcançava seu intento, afastou-se, pôs na mão dele uma camisinha, debruçou-se sobre o corrimão da escada, suspendeu a saia e tirou a calcinha, exibindo a bunda nua. Pegou o sachê de gel íntimo, que sempre levava na bolsa para emergências, rasgou a ponta e passou no cu. Depois, com as duas mãos, afastou bem as nádegas e ralhou com o cara: Não acredito que tu vai ficar aí parado...

Jorge, coitado, se já não acreditava no que acontecia, passou a duvidar mesmo. Não, não era possível, a amiga da sua prima, Mara, Nara, algo assim, que havia acabado de conhecer, rostinho lindo de bebê, estava lhe mostrando a bunda, pedindo para ser fodida ali mesmo, na escada do prédio, às quatro e quinze da tarde, e com o uniforme do colégio. É, Jorge, milagres acontecem.

– Mete logo, porra! – quase berrou Lara, impaciente, fazendo o rapaz voltar a si. Ele, então, pôs rapidamente a camisinha, posicionou o pau e começou a meter. – Quem te falou pra meter aí? – ela perguntou de imediato, já irritada. E, ela mesma tomando as rédeas do pau do moço, direcionou-o no rumo certo. – Nunca comeu uma bunda, não?

Jorge, cada vez mais surpreso, tratou de obedecer. Caramba, aquela menina, de anjinho só tinha a cara... Sim, já comera vários cus na vida, mas daquele jeito, como se fosse um escravo mandado da senhorinha do engenho agoniada da boca suja, era a primeiríssima vez. E Lara, cada vez mais excitada com a situação, por estar dando o cu na escada do prédio da amiga, para um cara mais velho e desconhecido, e porque a qualquer momento alguém podia aparecer, não demorou para começar a sentir aquela onda de vertigem gostosa a tomar conta de seu corpo, aquela conhecida sensação de se abandonar e se deixar levar pela onda, aquela coisa louca, aquela... Gozou forte, gozou loucamente, gozou com alívio, descarregando a tensão acumulada, e com uma saudade absurda de gozar com um pau todo enfiado no rabo. Ô coisa boa, ô coisa boaaaa!!!, ela gritava para o mundo inteiro ouvir, a última sílaba contorcendo-se pelo infinito, ou não, na verdade gritava só em pensamento mesmo e o eco reverberava pelas paredes de seu próprio corpo, ou não, não, era para fora que gritava mesmo, sem medo que o mundo inteiro pudesse ouvir, aliás, era isso que queria mesmo, que o mundo todo ouvisse o som de sua felicidade: ô coisa boaaaaaaaaaaaaaaa!!!!!

Pouco depois ela subia a escada, ainda tontinha de prazer, deixando para trás um Jorge de pau duro e com cara de quem não entendeu porra nenhuma, e tocou a campainha do apartamento da amiga. Momentos depois, ante as insistentes e irrelevantes perguntas da outra, que cara é essa, aquele grito foi seu, o que aconteceu, ela só conseguiu responder: Amiga, hoje não estudo mais nada. E caiu no sofá, desfalecida. Não vai me dizer que você e o Jorge, vocês dois, Didica perguntou e correu para ajoelhar-se ao lado do sofá, sacudindo a amiga, curiosíssima para saber o que podia ter acontecido naqueles dez minutos, anda, Lara, responde. De olhos fechados, Lara apenas sorriu, feliz, e sussurrou, dessa vez para si mesma: ô coisa boa... E enquanto a outra implorava, me conta, por favor, me conta, Lara sentiu-se de volta à vida, à verdadeira vida, e procurava entender como pudera ficar dois meses sem aquilo, como, como?

Foi nessa quarta-feira, exatamente nesse momento, no apartamento da amiga Didica, que aconteceu o célebre juramento: a menina Lara jurou para si mesma que jamais se deixaria privar novamente por tanto tempo do melhor de tudo que a vida tinha para lhe dar. Nunca mais mesmo, não importava o que tivesse de fazer. Nunca, nunca mais.

ÁREA VIP

QUARTA: ESTUDAR NA CASA DA DIDICA. Assim passaram a ser as quartas-feiras na agenda de Lara. Bem, estudar era um modo de dizer, pois a principal intenção era outra bem diferente. Lara até que tentava se concentrar nas equações de segundo grau e na estrutura dos nucleotídeos... Mas era difícil, o clima nas suas regiões temperadas esquentava só de lembrar da quarta anterior.

A amiga a flagrava em seus devaneios e alertava, Lara, a prova é sexta, vamos estudar. Sim, sim, vamos, respondia Lara, afugentando as insinuantes lembranças. Mas era inútil, pois o mapa do mar Báltico era, na verdade, a silhueta de uma mulher sentada a fazer um boquete num guitarrista...

Aí o interfone tocava e Lara dava um pulo na cadeira. A amiga atendia: oi, primo, sim, pode subir. Momentos depois Jorge entrava na sala para pegar uma ferramenta que havia esquecido na quarta passada, conversava umas bobagens e ia embora. E imediatamente depois era Lara quem saía, sempre vestida com seu uniforme do colégio, o rabo pegando fogo. Para voltar minutos depois, a expressão de quem acaba de descobrir o caminho das Índias. E a amiga curiosa como sempre, me conta, me conta! E Lara contava, deleitando-se com os detalhes de mais uma rapidinha das quartas-feiras. E Didica, que ainda era virgem, e virgem dos dois lados, assustava-se com as loucuras da amiga, sem ousar admitir que adoraria trocar quinze minutos de estudo por uma loucura daquela.

Com o tempo, a atuação de Lara foi ficando cada vez mais escandalosa, a ponto da amiga ter que interceder, pô, Lara, assim o prédio inteiro vai ouvir. Lara prometeu ser mais discreta. A amiga sugeriu que usasse um pano para tapar a boca, mas Lara disse que não precisava. Uma opção seria usar o quarto dela, mas o quarto do irmão mais novo ficava ao lado e ele passava as tardes lá jogando vídeo game.

– Relaxa, Didica, eu adoro escada, é tão excitante...

Duas semanas depois, na escada, quando Jorge meteu mais forte em seu cu e o prazer explodiu repentino, feito uma bomba nuclear de mil megatons dentro de seu corpo, ela gritou e se sacudiu e se debateu tanto que perdeu o equilíbrio e rolaram os dois escada abaixo, e mesmo caindo, Lara ordenou: Não tira, não tira! E só pararam após baterem na porta do 802, engatados que nem cachorro, Lara ainda gemendo e vendo as estrelas de Órion, com um pau enfiado em seu cu.

A velhinha que abriu a porta, para conferir que diabo de barulho era aquele, ficou olhando em silêncio para o casal deitado no chão sobre o carpete. Sorte que ela não enxergava muito bem. Jorge foi o primeiro a reagir, cochichando no ouvido de Lara que era melhor eles levantarem e se vestirem. Lara, porém, ainda arfando e vagando de marcha a ré por algum ponto das nebulosas da Via Láctea, só conseguiu dizer: Quero de novo...

Na quarta-feira seguinte, pela primeira vez em quatro meses, Jorge não apareceu para pegar a ferramenta que havia esquecido. Apesar de não ter havido nenhum reclamação vinda do 802, Didica achara melhor dar um tempo nas visitas do primo. Lara lembrava da cena, ela e Jorge deitados no chão, ainda engatados, e a velhinha tentando entender aquela marmota, e suspirava, saudosa. A amiga, porém, ainda nervosa com a possibilidade dos pais receberem uma advertência do síndico, insistia que era melhor ela ficar quieta, acalmar aquele fogo, pelo menos por enquanto.

– Por enquanto quanto tempo, Didica? – queria saber Lara, sem conseguir disfarçar o mau humor que a abstinência sempre lhe trazia.

– Não sei, sua tarada. Vamos ver o que acontece.

Lara tinha que aceitar, torcendo para que o destino fosse generoso e lhe trouxesse de volta a dádiva daquelas quartas-feiras, aqueles minutinhos tão preciosos e que tinham o poder de lhe acalmar o fogaréu por uns dias e até de melhorar o humor. Na verdade, poderia ter mais, pois Jorge sempre ligava, pedindo para se encontrarem no fim de semana, mas ela não queria um rolo maior com ele, estava bom assim, sem compromisso, uma trepada furtiva na escada do prédio da amiga, um pau bem enfiado na bunda, sem risco de engravidar, uma gozada bem louca, às vezes duas, depois esperar ele gozar e tchau, até quarta-feira, estava bom assim. Pelo menos por enquanto.

A primeira semana de abstinência Lara aguentou firme, com o focinho do ursinho Nicolau dando conta do recado. A segunda foi mais difícil, mas ela também aguentou dignamente. Na terceira semana sem sexo, o fogo a arder pelo corpo e pela alma feito um inferno em vida, nem Lara estava se suportando de tão mal-humorada, um horror. Nicolau, coitado, antes tão prestigiado, jazia agora abandonado num canto do quarto. Bem, nenhum vizinho havia reclamado de nada. A vovó do 802, se realmente entendera aquele estranho engodo humano na porta de sua casa, deve ter achado melhor ficar calada. Assim sendo, a amiga bem que podia liberar de novo o esquema.

– Ô, Didica, faz quase um mês. Posso ligar pro Jorge?

– Tá bom, Lara Tara, você venceu – concordou a amiga, sorrindo. – Mas agora vamos fazer diferente...

E Lara percebeu que era um sorriso bem malicioso.

O segredo da princesa prometida

ENTRO NO BANHEIRO DA SUÍTE, fecho a porta e me olho no espelho. A maquiagem disfarça os meus recém-completados dezoito anos. E espero que disfarce também o meu segredo. Sorrio satisfeita e me concentro no retoque do batom vermelho. Acho que ele adorou meu decote, não parava de olhar. Ajeito a flor no cabelo e confiro mais uma vez meu vestido. Adoro vestido preto, eles me deixam mais... mulher. Então escuto sua voz do outro lado da porta e ela me traz novamente o conflito. Sabendo tudo o que agora sei, ainda faz sentido estar com ele nesta suíte de hotel cinco estrelas? Estou realmente confusa. Será que já fui longe demais para voltar?

Mamãe me criou sozinha após meu pai morrer num acidente. Como na época eu era um bebê de dois anos de idade, não tenho nenhuma lembrança dele. Quando cresci o suficiente para entender que eu era órfã, fiquei muito triste, claro, mas minha mãe, que não casou novamente, me ajudou a assimilar a situação.

A dona da boca vermelha que me olha insinuante do espelho respira fundo e sai do banheiro. Agora vejo-o na porta do quarto recebendo o vinho que o garçom veio deixar. A decoração do quarto é sóbria e a iluminação é suave, e no rádio toca baixinho uma música romântica que eu gosto, ele escolheu bem a estação. Ele serve o vinho e me oferece uma taça, gentil como um homem da sua idade deve ser. À linda princesa que a vida trouxe hoje para mim, ele diz, sorrindo e me olhando nos olhos. Eu não sei o que dizer e as taças tilintam, respondendo por mim. O vinho é gostoso e bebo rapidamente. Ele suspende seu gole e diz, sempre sorridente e compreensivo: Calma, temos a madrugada inteira. Sim, eu respondo, quase engasgando. Sim, sim!, eu grito por dentro, eufórica e nervosa. E bebo o resto da taça.

Tive uma infância normal, sem a presença de um pai mas com toda a atenção de minha mãe, que se desdobrou para que nada faltasse à filha única. Em meu aniversário de treze anos, ela me presenteou com uma decoração nova em meu quarto, no estilo princesa. Gostei. Mas o que eu queria mesmo, não ganhei: meu melhor presente seria que mamãe me levasse para ver o show de um cantor romântico que eu gostava muito. Bastante surpresa com meu pedido, ela justificou a negativa explicando que havia outros artistas mais apropriados para minha idade. Insisti, e pela primeira vez mamãe foi grosseira comigo. Esse presente eu não dou e nunca mais me peça nada desse homem, ela falou, enfática, e saiu batendo a porta. De fato, eu era uma exceção entre minhas amigas, pois enquanto elas gostavam de artistas bem mais novos, eu gostava dele, trinta anos mais velho, cheio de classe – para mim ele era como um rei. E foi embalada por sua voz masculina e sensual que descobri os prazeres deliciosos que uma garotinha pode ter à noite, sozinha em seu quarto de princesa.

Enquanto bebemos o vinho, sentados na cama da suíte, seu celular toca. Ele me pede desculpas, precisa atender, é sua empresária. Enquanto conversa sobre detalhes do show que fará no dia seguinte, observo-o mais atentamente. Veste jeans e camiseta sem mangas, está descalço. Gosto dos seus pés, são bem feitos. Reparo que seu peito é largo e que ele tem uma charmosa barriguinha. Está em ótima forma para os quase cinquenta anos que tem. E o cabelo grisalho que eu acho encantador... Caramba, de pertinho assim ele é ainda mais lindo e majestoso.

De nada adiantou a birra materna: não só continuei gostando como virei fanzona declarada: agora tinha todos os discos e DVDs do meu ídolo, todas as músicas, camisetas, as revistas com as matérias, tudo. Vendo que não tinha mesmo jeito, mamãe acabou aceitando, embora contrariada, mas desde então negou-se a comentar o assunto. Achei exagerado de sua parte, mas se ela preferia assim, por mim tudo bem. E quanto à minha fantasia predileta, melhor que ela jamais soubesse, pois nela o meu cantor amado era o meu primeiríssimo homem, aquele a quem eu daria o privilégio de me iniciar nos prazeres a dois.

Ele finaliza a ligação, pede desculpas mais uma vez e diz: Agora sou todo seu. E desliga o celular, pondo-o dentro da gaveta da mesinha ao lado. Ele percebe a garrafa quase vazia e ri. Vou pedir outro vinho, mas você vai beber devagar, promete? E eu prometo, claro, princesa prometida que dele sou.

Foi na semana passada que aconteceu. Eu olhava uns antigos álbuns de fotos e, mexendo no armário de minha mãe, me chamou a atenção uma bonita caixa de chocolate importado. Dentro encontrei uma foto, na qual mamãe sorria feliz, abraçada a um homem. Pela data no verso da foto, calculei que mamãe estava grávida de mim. Mas... aquele homem não era papai. Então, de repente... eu o reconheci.

Ele pergunta sobre mim e eu digo que sou apenas uma admiradora que, estando ele fazendo show pela primeira vez em minha cidade, não perderia por nada a oportunidade de conhecê-lo pessoalmente. Ele sorri seu sorriso cavalheiro e conta, num tom de confissão, que está acostumado com as abordagens de suas fãs, mas que nessa noite, no restaurante do hotel, ficou realmente interessado na moça bonita de vestido preto e flor no cabelo que lhe oferecia de presente uma caixa de chocolate, parecia uma princesa. Como você sabe que esse sempre foi meu chocolate predileto?, ele me pergunta, e parece bem intrigado. Respondo que é segredo e ele ri, e diz que adora segredos, e que em agradecimento por um presente tão especial, fará tudo que eu quiser essa noite. Ponho a taça sobre a mesinha e, silenciosamente, começo a tirar os sapatos, depois o vestido e, por fim, a calcinha. Ele parece um bobo, sem acreditar no que vê. Agora, vestido ao chão e inteiramente nua, não sei como consegui fazer o que acabo de fazer. Mas sei também que não há mais retorno. Nua, de pé em frente a ele, sinto-me estranha... mas me sinto ótima. É como se nesse momento eu não fosse eu. É como se nesse momento eu finalmente fosse meu verdadeiro eu. Tudo que eu quiser? Sim, tudo que você quiser. Então quero que esta noite o rei cuide muito bem de sua princesa.

Sim, é o seu cantor, mamãe falou, respondendo à minha pergunta, e não sei dizer quem ali estava mais surpresa, se eu ou ela. Então, ainda olhando a foto que eu lhe mostrava, mamãe respirou fundo e pediu desculpas por ter escondido de mim o que agora iria revelar. E contou que o conhecera quando ela já estava casada e ele ainda não era um cantor famoso, que ela se apaixonou perdidamente e eles tiveram um caso secreto, e que quando eu nasci ele já a havia abandonado.

Enquanto mamãe enxugava os olhos marejados, eu finalmente entendia o motivo de sua birra com meu cantor: bem antes de mim, ela também o amara. E, o que era pior, talvez ainda o amasse... Não sei dizer o que exatamente senti. No início, não consegui acreditar, mas depois senti raiva misturada com ciúme e outros sentimentos contraditórios. Lembrei do show que na semana seguinte ele, pela primeira vez, faria em nossa cidade, para o qual eu já havia comprado meu ingresso, e tive vontade de lhe contar que eu iria e o veria de pertinho, e até sabia o hotel em que ele ficaria, e tive vontade de contar até mesmo da minha fantasia secretíssima... Porém, nesse instante, intuí que poderia haver algo mais naquela história toda, algo bem mais sério. Mãe, tem mais alguma coisa sobre esse homem que eu ainda não sei?, perguntei, e estremeci ao pensar que aquela podia ser a pergunta que durante dezoito anos ela esperou não ter jamais que responder.

A tensão que me dominava o corpo aos poucos evapora ao toque de suas mãos, tão fortes, tão seguras. Eu fecho os olhos, e no escuro dos meus sentidos já não sei mais quem é o homem que me acaricia, mas sim, eu sei muito bem quem ele é, e ele não sabe quem eu sou, e o meu segredo me faz poderosa... Lembro de mamãe e me divirto imaginando que agora ela me vê... Esses meus pensamentos, porém, eles são tão pesados, não me deixam voar... Então, finalmente me solto do conflito e voo pelo céu de sensações que sua língua atrevida me provoca a explorar os mistérios guardados do meu corpo, e o afasto para que ele pare um pouco, me deixe respirar, senão eu posso morrer e eu não quero morrer ainda. Mas morrer assim é tão bom e eu lhe ordeno, vem, e ele obedece à sua princesa e vem, vem desde lá dos meus pés, vem subindo sobre meu corpo, e minhas pernas o abraçam como num laço de presente, o meu presente. Eu te amo, sussurro em seu ouvido, e ele, olhando em meus olhos, diz que me ama também, e eu choro porque sempre quis ouvir isso, e ele lambe as minhas lágrimas, provando o gosto da minha longa espera, e me beija a boca apaixonado, misturando lágrimas e saliva num beijo doce e verdadeiro. Tão doce e verdadeiro quanto a dor que subitamente sinto quando, num movimento mais forte, ele avança em direção ao meu profundíssimo desejo e me faz, finalmente, sua mulher.

Na fresta da cortina da janela as primeiras luzes do amanhecer se encontram com meu olhar. Meu olhar de quem não conseguiu dormir pois os prazeres e as dores que vivi ainda formigam pelo

INDECÊNCIAS PARA O FIM DE TARDE

meu corpo. Ele dorme ao meu lado, mas é como se ainda estivesse dentro de mim, másculo, gentil e experiente, cuidando para que tudo seja perfeito, e mais perfeito do que foi eu não poderia mesmo imaginar. Mas já passou, e estou aliviada porque tudo que resta do turbilhão de pensamentos conflitantes que me angustiavam a alma é uma mancha vermelha no lençol. Já passou, já foi, e agora preciso voltar para casa. Quando estou saindo, ele desperta e, bocejando, diz que me espera à noite no show. Sorrio satisfeita, mas não respondo, e saio, fechando a porta devagar. No saguão do hotel há uma lixeira. É lá que atiro o ingresso do show, comprado um mês atrás. E é assim que me vou, leve e reluzente como uma mulher amanhecida. Ou como uma princesa malcriada.

A grana do lanche

DINORAH É UMA MOÇA BONITA, mas nada que chame demais a atenção. Tem vinte e cinco anos, faz o tipo mignon, pele clara, cabelo loiro ondulado na altura dos ombros, olhos castanhos, enfim, é uma dessas garotas que você vê aos montes nas tardes dos shoppings. Vive na capital, classe média alta, mora com os pais, não trabalha, abandonou Administração e agora cursa Direito numa faculdade particular. Desde a primeira vez, aos dezesseis anos, transou com onze caras, e também com a Pati, que depois se tornou a melhor amiga. E namorou um cara por quatro anos. O namoro terminou e é nesse ponto que encontramos Dinorah, solteira, numa mesa do café do shopping, olhando para uma nota de cem reais. E dizendo baixinho para si mesma: Eu não sou puta, eu não sou puta...

Esta é a nossa menina. Permita-me chamá-la assim, nossa menina, porque acho que combina com seu jeitinho quase infantil, e porque tenho a impressão que você também vai gostar dela. Mas por que Dinorah está repetindo para si mesma que não é puta? Porque horas antes ela conheceu um cara ali mesmo no café e... Bem, é melhor contar do começo.

Às sextas, após a última aula da tarde, Dinorah costumava passar no shopping que fica pertinho da faculdade para tomar um capuccino. Numa dessas sextas, ela viu um cara numa mesa próxima, tipo quarentão charmoso, de camisa social, gravata, paletó pendurado no encosto da cadeira, a pasta do tipo executivo ao lado no chão. E ela? Vestidinho estampado, sandalinha, mochila, cabelo preso. Os dois sozinhos. Ela achou o cara interessante, e ficou atiçadíssima quando ele ergueu a xícara de café, olhando para ela, e sorriu. E ela sorriu também. Logo depois ele estava em sua mesa e ela já sabia que o quarentão se chamava Carlos, morava em outra cidade, era executivo de uma empresa e uma vez por mês ia à capital a trabalho, era separado e não tinha filhos. Pelo menos foi isso que ele dissera.

Ele perguntou se ela queria beber alguma coisa e ela disse que não bebia, o que era verdade. Enquanto ele pedia outro café, Dinorah sentiu que uma ideia instigante nascia em sua mente... Não, talvez não fosse na mente. Ideias podiam nascer entre as coxas? Se podiam, aquela definitivamente nascera lá. Aquele cara era um desconhecido, não era tão bonito mas era interessante, parecia ser confiável e estava abertamente a fim dela, e ainda morava em outra cidade... Transar com um desconhecido. Por que não?, pensou nossa menina, e agora a ideia tomava conta de seu corpo inteiro, feito uma onda de calor gostoso.

É, por que não, ela continuava pensando, e a ideia se tornara uma sensação que ficava cada vez mais excitante. Sexo sem compromisso, um cara mais velho, depois tchau, cada um segue sua vida, isso combinava com a sexta, sexta era um dia bom para experimentar coisas novas. Sim, decidiu Dinorah. Daria para ele, sim, bastava ele querer. Mas não gostou do nome, Carlos era sem graça. Executivo era mais sexy.

Do que você gosta, Executivo, posso te chamar de Executivo?, ela perguntou, disposta a mudar logo o papo para rumos menos formais. E ele respondeu que podia, e emendou, meio sério, meio insinuante: Gosto de garotas da sua idade. Dinorah sorriu, surpresa, uau, ele não perde tempo. Melhor assim, ela não estava mesmo a fim de muito papo. Posso te chamar de Loirinha?, ele quis saber. Pode, respondeu ela, gostando daquele joguinho. Do que você gosta, Loirinha? Ela decidiu que era hora de passar o ponto de não retorno: Gosto de caras que gostam de garotas da minha idade.

Quando a garçonete trouxe a conta, ela quis pagar sua parte, mas ele, delicadamente, perguntou se ela ficaria chateada se ele pagasse tudo. Se fosse uma situação normal, Dinorah ficaria, sim, ela acha que mulher tem que dividir a conta, principalmente ela que ganha uma boa mesada dos pais. Mas aquela não era uma situação normal, e ele pagar tudo combinava com a situação, um executivo bancar uma noite de prazer para uma jovem estudante safadinha. Não, Executivo, não vou ficar chateada, muito pelo contrário...

Menos de uma hora depois, Dinorah estava no motel com Executivo. Um desconhecido, um cara mais velho, experiente, isso era muito interessante e ela sentia-se bem safada. Executivo tinha um pau grande, mas ele a fodeu com cuidado para não machucar.

INDECÊNCIAS PARA O FIM DE TARDE

Superexcitado, ele lambeu e chupou todas as partes de seu corpo, comeu-a em várias posições e gozou com ela montada nele, e ele sempre chamando-a de loirinha gostosa, loirinha safada...

No fim, após pagar a conta, Executivo perguntou-lhe se tinha gostado e ela respondeu que sim, e estava sendo 99% sincera, pois, embora sem orgasmos, ela tivera muito prazer. O 1% restante era porque ela achava que poderia ter se soltado um pouco mais. Ele deu-lhe seu cartão e disse que dentro de um mês estaria de volta.

Já no táxi, ele se ofereceu para deixá-la em casa, mas ela disse que preferia voltar para o shopping pois queria fazer um lanche. Seguiram pelas ruas em silêncio. Dinorah sabia que não o procuraria novamente, já havia realizado seu desejo safadinho, mas sentia-se bem e não via a hora de contar tudo para a amiga Pati, com quem adorava dividir suas confidências mais sórdidas. Quando o táxi parou em frente ao shopping e ela se preparava para abrir a porta do carro, Executivo pôs em sua mão, discretamente, uma nota de cem reais. Ela olhou para a nota, sem entender. É pro lanche, ele explicou, sorrindo calmamente, aceite, Loirinha, por favor. Confusa, ela pôs a nota dentro da mochila e desceu.

Numa mesa do café, Dinorah agora observava a nota de cem em suas mãos. Ainda podia sentir o pau do Executivo dentro dela, sua buceta latejando... Era para estar feliz, afinal a transa fora boa, o cara a tratara bem... Mas e aquela nota de cem? Por acaso ele achava que ela era uma puta? E, se achava, então valia cem pilas? Aquilo era muito ou pouco?

Pediu outro capuccino, mas bebeu sem vontade. Decidiu ir para casa, não se sentia muito bem. Entrou na sala e seus pais assistiam a um programa religioso na tevê. Beijou a mãe, beijou o pai e sentou-se com eles no sofá. Tudo bem, filha?, perguntou o pai. Ela respondeu que sim, só estava um pouco cansada. Tem lasanha no micro-ondas, avisou a mãe. Ela respondeu que estava sem fome e foi para o quarto. Sentada na cama, sentia-se um tanto angustiada. É pro lanche, Executivo dissera. Mas um lanche não custava tudo aquilo. Na verdade, com cem reais ela poderia jantar num ótimo restaurante, vinho incluído. Assim sendo, era óbvio que não dera o dinheiro para lanche nenhum. Ele havia lhe pago pelo sexo, era óbvio.

Eu não sou uma puta, falou para si mesma mais uma vez, e dessa vez amassava forte na mão a nota de cem. Que merda, como os homens podiam ser tão insensíveis? Levantou da cama e foi ao banheiro, controlando-se para não chorar. Por que ele tinha que estragar tudo? Fez um bolinho com a nota e jogou no vaso sanitário. Eu não sou uma puta. Ao contato com a água, a nota abriu-se e ficou boiando, como se olhasse para ela, duvidando do que ela dizia. Eu não sou uma puta e nem preciso dessa grana escrota, murmurou, a voz abafada pelo som da descarga.

NOS DIAS QUE SE SEGUIRAM, Dinorah ruminou sobre o assunto. Não estava arrependida, mas... havia a questão dos cem reais. Será que ele realmente achava que ela era puta? O que teria pensado, que naquela sexta, em vez de faturar, a puta decidira transar com um cara qualquer sem cobrar, e que coincidiu de ser ele? Mas, se fosse isso, por que ainda assim lhe dera dinheiro? Que merda, Dinorah não se conformava. Será que uma mulher não tinha o direito de trepar com um desconhecido sem ser confundida com uma puta?

No espelho do armário, nossa menina observou-se dezenas de vezes, virando de lado, fazendo poses. Será que tinha jeito de puta? Não, não podia ser isso, ela era uma garota normal, vestia-se como suas amigas e não exagerava na maquiagem. E, além do mais, tinha ódio dessas meninas muito fáceis, e sempre fora convictamente monogâmica em todos os seus relacionamentos.

Contou tudo para Pati. Desencana, respondeu a amiga, você não é puta, e o cara quis apenas ser gentil. Mas Dinorah não desencanou. Pesquisou sites de prostituição, olhou as fotos das garotas de programa, viu que a maioria cobrava mais que cem reais. Como Executivo podia achar que ela era uma daquelas mulheres?

Na última sexta do mês ela terminou o almoço no restaurante da faculdade e decidiu não ir às aulas da tarde, estava ansiosa demais, não conseguiria se concentrar. Botou os livros na mochila e foi para o café no shopping. Sentou-se em sua mesa predileta, pediu um capuccino e esperou. Meia hora ela esperou. Uma hora. Quase duas horas depois Executivo chegou, vestido do mesmo jeito, o paletó aberto, a pasta de executivo, e logo que entrou, percebeu sua presença. Posso sentar?, ele perguntou, simpático. Parecia contente

INDECÊNCIAS PARA O FIM DE TARDE

em revê-la. Ela não conseguiu sorrir. Mas fez que sim com a cabeça e ele sentou.

– Cara, vou ser bem direta e quero que você seja sincero, tá? Por que você me deu aquela grana? Você acha que eu sou puta?

Ensaiara cuidadosamente aquelas exatas palavras durante as duas horas em que esperou por ele. Mas não falou nada disso. Porque simplesmente era uma questão que não tinha mais importância. Bem, na verdade ainda tinha importância, sim, mas de um outro modo... Saíra mais cedo da faculdade para garantir que o encontraria, e queria reencontrá-lo para tirar a limpo a história dos cem reais, sim, mas... algo nela havia mudado durante aquelas duas horas. Uma ideia estranha sobrevoava seus pensamentos, tão estranha que não ousava admiti-la... Mas de uma coisa ela sabia: queria transar novamente com aquele cara.

Uma hora depois, no motel, sob o peso do corpo dele, Dinorah gemia de prazer. Não era exatamente tesão pelo Executivo que sentia, e não era apenas tesão por estar sendo fodida por um quase desconhecido às cinco da tarde num motel, enquanto suas colegas assistiam aula de Direito Processual. Sim, tudo isso era excitante, porém enquanto ele metia firme em sua buceta e segurava suas pernas escancaradas na posição do frango assado, e ela assistia a tudo pelo espelho do teto, nossa menina fechou os olhos e imaginou os dois voltando para o shopping... Imaginou o táxi parando, os dois no banco de trás e... E o quê? A imagem seguinte parou um segundo antes de surgir em seu pensamento, esperando sua autorização. O táxi chegando no shopping, parando e... e...

Sem esperar mais pela autorização, a imagem que faltava invadiu de vez seu pensamento. O táxi para no shopping, Executivo abre a carteira, tira uma nota de cem e entrega a ela. Enquanto a imagem congelava em sua mente, ela recebendo o dinheiro no táxi, e na cama Executivo metia fundo em sua buceta, Dinorah gozou, de um jeito que nunca havia gozado antes, tão intenso que parecia que não ia acabar mais. E quando enfim acabou, na verdade não havia acabado: ela o abraçou com as pernas, puxando-o forte contra seu corpo e exigindo que ele continuasse a meter, e gozou novamente, outra vez intenso, uma coisa louca.

Pouco tempo depois o táxi parou no shopping. Executivo deu-lhe um beijo no rosto e disse que no mês seguinte estaria no mesmo lugar novamente. Ela apenas sorriu. E aguardou quieta, sentada ao lado dele, as pernas juntas, mochila ao colo. Como nada aconteceu, ela aproximou a boca de seu ouvido e perguntou baixinho: Você não tá esquecendo nada? Ele pensou por alguns segundos, até que finalmente compreendeu. Então abriu a carteira, tirou uma nota de cem e deu para ela. Dinorah guardou-a na mochila, disse obrigado, abriu a porta e saiu. Instantes depois, no café, tomou o capuccino mais gostoso de quantos já tomara em toda sua vida.

NA SEMANA SEGUINTE, Dinorah marcou com Pati num barzinho, queria contar sobre seu segundo encontro com Executivo. Ela adorava sair com a amiga, apesar de Pati, morena do tipo gostosona como era, sempre atrair todos os olhares disponíveis do ambiente. Na noite em que se conheceram, numa festinha quatro anos antes, Pati beijava um cara e convidou Dinorah a se juntar a eles. Dinorah riu, pensando que aquela garota devia ser muito louca. Mas pensou por que não e aceitou. O beijo ficou triplo e eles terminaram na cama. No dia seguinte, já eram amigas.

Nossa menina chegou ao barzinho e viu a amiga bebendo no balcão com um homem. Ao ver Dinorah, Pati deixou-o lá sozinho e foi abraçá-la.

– Você vai dispensar aquele gato? – Dinorah perguntou.

– Dei pra ele ano passado. Deixa o gato ficar com mais vontade.

– Pati sempre arrasando os corações...

Sentaram-se numa mesa, e Dinorah contou o que acontecera na sexta anterior.

– Você cobrou pra transar, sua danadinha! – Pati comentou, surpresa.

– Eu não, só queria a grana do lanche. E nem precisava tanto.

– Mas você falou pra ele que era pro lanche?

– Não.

– Humm. Então agora ele vai achar que você cobrou pelo sexo.

– Talvez eu tenha cobrado mesmo.

- Talvez ou cobrou? Decida-se, Dinorah.

- Antes eu estava realmente superencucada, mas admito que, na verdade, eu estava achando excitante a ideia de ser paga pra transar. Nessa segunda vez, isso ficou claro pra mim.

– O nome disso não é prostituição, amiga?

– Ou será um fetiche?

– Você acaba de inventar o fetiche remunerado.

– Você também sai com os caras, Pati, eles te levam no carro deles, te pagam barzinho, restaurante, motel... É a mesma coisa, não? No meu caso, foi uma grana pro lanche.

– Tá bom, você venceu. Mas você por acaso gastou a grana com lanche?

– Não. Mas podemos gastar agora. Vamos pedir o quê?

– Ai, amiga, você não existe!

NÃO POSSO SER UMA PUTA, pensava Dinorah, sentada diante de seu guarda-roupa, porque puta nenhuma no mundo teria um guarda-roupa tão comportado. Porém, ser paga para transar, ah, isso tinha que admitir: era uma delícia. Nem o preço importava, o dinheiro em si não era importante, ela não precisava dele. Importante era ser paga. Lembrou da segunda transa, de como foi bom, do quanto se excitou imaginando que logo depois seria paga... Será que as putas também sentiam aquele mesmo tipo de excitação gostosa, aquele frenesi de saber que o homem à sua frente dispõe-se a gastar uma grana para estar dentro dela?

Decidiu dar um passo adiante em seu fetiche. Quando, no fim do mês, reencontrou Executivo no shopping e foram novamente para o motel, dessa vez ela fez diferente. Tirou a roupa, ficou inteiramente nua e pediu que ele se encostasse na bancada, o que ele fez. Ela ajoelhou-se no chão, abriu sua calça, pôs o pau para fora e o acariciou, vendo-o crescer rapidamente em suas mãos até ficar imenso e inteiramente rijo. Passou a língua devagar por toda sua extensão, beijou-o delicadamente na ponta e, um instante antes de começar a chupá-lo, parou de repente. Ergueu o rosto e olhou para ele. E falou, calmamente: Hoje eu quero adiantado.

Surpreso, Executivo abriu os olhos. Durante alguns segundos os dois se olharam em silêncio, o pau dele, duro e latejante, a um centímetro da boca de nossa menina, feito uma lança paralisada em pleno voo. Executivo sorriu e disse que aquilo não era problema. Ainda encostado na bancada, pegou a carteira, tirou uma nota de cem reais e entregou a ela. Dinorah pôs a nota sobre a cama e voltou à sua posição de joelhos. Segurou Executivo pelas coxas e começou a chupá-lo, fazendo exatamente como num vídeo erótico que vira aquela semana, engolindo o máximo que podia até senti-lo na garganta, até engasgar-se e lágrimas descerem por seu rosto, e depois voltando lentamente até a ponta da cabeça, sem deixar em nenhum momento de envolvê-lo totalmente com os lábios, sem usar as mãos, e repetindo o movimento cada vez mais rápido.

Pouco depois, ela percebeu que as pernas do Executivo tremiam e ele se apoiava na bancada com os braços. Ela o escutou gemer mais forte e logo depois sentiu o jato de sêmen em sua boca, um gosto de doce e salgado, morno, quase quente, que ela saboreou e engoliu. Depois afastou a boca e dirigiu o resto do jato para seu rosto, e com a outra mão espalhou o líquido pelas duas faces, pela boca, pelo pescoço, pelos peitos. Enquanto Executivo dobrava-se para trás, Dinorah, ainda ajoelhada e toda lambuzada de sêmen, olhava para a nota de cem sobre a cama e maravilhava-se de ser a mulher mais suja e feliz do mundo.

DIAS DEPOIS DO TERCEIRO ENCONTRO com Executivo, Dinorah conheceu Bruno num bar, e o interesse foi mútuo. Ela, porém, não queria namorar, estava adorando a vida de solteira, e não cogitava interromper os encontros com Executivo. Mas Bruno insistiu, e uma noite transaram no apartamento dele. No dia seguinte, ela disse que não queria namorar, mas que topava ficar com ele, e assim foram ficando, ficando, até que um dia ela percebeu que estavam se relacionando como namorados. E decidiu deixar a coisa como estava.

Pouco mais velho que ela, Bruno administrava os postos de gasolina do pai, era rico e morava numa cobertura. Com ele o sexo até que era bom, mas... sempre faltava um algo mais. Ou ela é quem andava muito exigente? Sim, talvez fosse isso. As transas com Executivo haviam despertado seu lado selvagem, e com Bruno ela não se sentia sexualmente completa.

Uma noite, durante um fim de semana que passavam na serra, ela percebeu que havia putas na pracinha próximo ao hotel. A visão das garotas se oferecendo aos homens a fez sentir-se especialmente tarada naquela noite. Foram para o quarto do hotel e ela pediu que

INDECÊNCIAS PARA O FIM DE TARDE

ele entrasse depois, exatamente cinco minutos depois. Bruno topou a brincadeira e quando entrou, ela estava nua, de quatro sobre o sofá, e o chamava: Quero que você me coma aqui. Bruno perguntou se ela não gostaria de tomar um banho antes. Não ‑ foi sua resposta, enfática. Pouco depois, enquanto Bruno satisfazia sua vontade, ela, gemendo alto de prazer, pediu que ele a chamasse de puta. Ele não chamou, e ela insistiu e insistiu, até que ele obedeceu. Mas o puta dele foi tão sem ênfase que ela não aguentou:

– Me chama de puta, porra, de puta safada! Vai, me chama, porque é isso que eu sou mesmo, uma putinha vagabunda! Eu sou muito putaaaaaaa!!!

E foi assim que ela gozou, o namorado comendo-a de quatro no sofá e ela berrando que era puta, para desespero dele, preocupado com o escândalo. E, apesar de Bruno nunca participar do texto exatamente como ela queria, assim passaram a ser seus melhores gozos, ele metendo nela de quatro e ela gritando que era puta, muito, muito puta.

OS ENCONTROS COM EXECUTIVO se sucediam, sempre na última sexta do mês, quando ele ia à capital. Encontravam-se no café do shopping e seguiam para o motel. Quase não se falavam, não era necessário. Dinorah não queria saber sobre a vida dele e ele não tinha interesse pela vida dela – tudo que queriam era sexo. Os cem reais do lanche, Executivo pagava adiantado, logo que chegavam ao motel. A nota, Dinorah fazia questão de deixá-la à vista, e adorava ser fodida olhando para ela.

Era uma puta? Ou tudo aquilo era apenas uma fantasia? Ela ainda se perguntava isso. E ainda não sabia a resposta. Sempre escutara que o motivo das mulheres virarem putas era a falta de perspectivas ou os problemas familiares. Ela não tinha nenhum problema sério, levava uma vida confortável, tivera educação religiosa e mantinha uma ótima relação com seus pais. Não tinha motivo para querer ser uma puta. Bem, na verdade tinha um, sim: o fetiche de ser paga. Será que alguma outra mulher já havia virado puta pelo mesmo motivo?

Pelo sim, pelo não, nossa menina decidiu dar uma renovada no guarda-roupa. Comprou roupas novas, uns vestidos mais justos, umas calcinhas mais safadas. E comprou um vestidinho branco colante que jamais pensou que teria coragem de usar. Usou-o a primeira vez com Executivo. Enquanto o aguardava no café, sentiu que os homens a devoravam com o olhar. Era a primeira vez que era olhada daquela forma tão explícita. E era um delícia. Executivo adorou o vestido e pediu que ela o vestisse sempre, e sem calcinha, no que foi atendido. Não tem sempre razão, o cliente?

Executivo nunca lhe perguntou se ela de fato usava o dinheiro para lanchar. Ele apenas pagava e pronto, e Dinorah apenas recebia e transava que nem uma puta, ou pelo menos como achava que uma puta transava, com muita vontade. Passou a ler bastante sobre prostituição, devorando tudo que encontrava sobre práticas sexuais e preferências masculinas. Via vídeos na internet e depois praticava com, digamos assim, seu cliente.

– Cliente? É assim que você tá chamando o cara? – perguntou Pati, rindo da amiga. – Então você já assumiu a putice.

– Existe puta de um homem só?

– Se não existia, agora existe.

– Se ele me vê assim, pra mim tanto faz.

– Então deixe de ser besta e cobre mais, amiga.

– Ah, Pati, não é pela grana, é pelo prazer.

– Prazer tem esse cara. Conseguiu uma putinha bonita, classuda, futura advogada, que dá pra ele por cem pilas. Mixaria. Eu cobraria mais, na boa.

– Mas você é gostosona, Pati, tem peitão, bundão. Eu sou normal.

– Mas fode bem, não fode? É disso que os caras gostam.

Sim, fodia bem. Executivo que o dissesse. A cada vez Dinorah se soltava mais e vivia mais verdadeiramente seu fetiche de ser puta. Não importa se você tem prazer, aconselhava uma prostituta num livro de memórias, faça-os crer que tem e eles adorarão isso, e você terá real prazer por vê-los tão felizes. Interessante, pensou ela, matutando sobre esse trecho. Com Executivo, ela não precisava fingir, pois realmente sentia prazer. E sentia prazer não apenas físico, mas também em descobrir que aquela experiência lhe permitia explorar intensamente sua sexualidade, sem qualquer tipo de culpa, e isso era maravilhoso. Passou a adorar que ele gozasse em sua boca: ela engolia tudo e queria mais, sinceramente sedenta do jorro de sêmen.

INDECÊNCIAS PARA O FIM DE TARDE

Aprendeu também a fazer anal, a receber o pau dele inteiro em seu cu, e se no início doía, depois passou a gostar e um dia foi assim que gozou, sentada sobre Executivo, o pau dele totalmente enterrado em seu cu, e ela subindo e descendo feito uma louca descabelada, transtornada pela sensação de estar sendo absolutamente preenchida por trás... e ainda ser paga por isso. Ah, era muita felicidade.

E o namoro com Bruno? Ia do mesmo jeito. Fora da cama se entendiam muito bem, saíam, bebiam e iam a festas, mas no sexo ela continuava um tanto insatisfeita. Sim, tinha prazer com ele, e ele com ela, mas com Bruno não conseguia ser a puta que sentia ser. Sexo anal, por exemplo, ele se recusava a fazer, dizia que era nojento, e ela não se conformava com isso.

Uma noite, enquanto viam um documentário sobre prostitutas na TV, Dinorah comentou que elas eram muito corajosas por trabalhar na rua de madrugada. E Bruno respondeu que elas não eram corajosas, eram doentes. Ela argumentou, dizendo que aquele era o trabalho delas, mas ele disse que era um trabalho de gente doente, e que quem pagava também era doente. Aquilo atingiu nossa menina em algum ponto sensível, era como se Bruno estivesse falando dela, e ela não era doente. Depois desse dia, Dinorah achou mais prudente não tocar no assunto. E deixou de gritar que era puta quando ele a comia de quatro. Uma pena, pois era o prazer mais gostoso que tinha com ele.

UM DIA DINORAH RECEBEU a notícia que menos esperava. Após a transa, ainda no motel, Executivo lhe disse que um novo gerente assumiria seu lugar na empresa e que, por isso, ele não iria mais à capital. Aquela, portanto, era a última vez que se viam. Dinorah escutou em silêncio, sem conseguir acreditar. Ficou arrasada. Quando chegaram de volta ao shopping e ele lhe estendeu a nota de cem, ela olhou para ele com desdém e disse: É por conta da casa. E saiu.

Foi como se de repente lhe puxassem o chão de seus pés. De uma hora para outra ela perdia sua fantasia. Fantasia? Não, era mais que isso, e só agora ela se dava conta do quanto realmente precisava daquilo em sua vida. Ser puta não era só fantasia, era uma parte de sua vida que não podia mais ignorar. Foram treze meses lindos, treze encontros com Executivo onde aprendeu mais sobre sexo que em todas as suas experiências anteriores. Se dependesse dela, aqueles encontros nunca teriam fim.

E agora?, ela se perguntava, inconformada. Agora tinha apenas seu namorado, que não percebia o que ela era. Dinorah virou-se na cama, sem sono, e conferiu no relógio as três horas da madrugada. Puta. E pela milésima vez pensou no significado daquela palavra.

Dias e dias de tristeza, noites e noites mal dormidas. Dinorah não se conformava em ter sido abandonada. Até que um dia, quando já não suportava mais, entrou em contato com Executivo e perguntou se poderia visitá-lo em sua cidade uma vez por mês. Ela iria por conta própria, ele não precisaria se preocupar com nada. Mas Executivo disse que não seria possível.

– Por favor, você é meu único... cliente – ela completou a frase, e não se surpreendeu com o que dizia.

– Você vai conseguir outros, Loirinha, você é ótima.

– Você acha caro? Posso fazer por cinquenta.

– Obrigado, mas...

– Faço por dez reais, você quer?

– Loirinha, por favor...

– Um real.

Silêncio. Dinorah esperava ansiosa pela resposta. Acabara de pedir um real para transar. A puta mais barata do mundo.

– Você vai me cobrar um real? Tá falando sério?

– Sim.

– Como você pode cobrar um real por um programa?

– E como você pode não querer?

– Eu realmente não entendo.

– Não tente entender. Apenas aceite, por favor...

Novo silêncio. Dinorah sabia que havia ido longe demais. Mas era sua última cartada.

– Desculpa, Loirinha, não vai dar.

É, não deu. Executivo realmente não estava mais a fim. Ele, porém, disse que falaria com o gerente substituto, talvez se interessasse. Você promete?, perguntou nossa menina, um brilho de esperança acendendo-se em seus olhos. Ele prometeu.

INDECÊNCIAS PARA O FIM DE TARDE

Os dias seguintes foram de uma terrível expectativa. Ficou difícil prestar atenção às aulas. Passou a se irritar com qualquer coisa que Bruno dizia, e o sexo com ele, que já não era essas coisas todas, foi rareando até que ela perdeu de vez a vontade. Preocupado, ele perguntou o que estava acontecendo e ela desconversou, dizendo que estava concentrada nas provas da faculdade. Até mesmo a mãe percebeu algo errado, e para ela Dinorah disse que o problema era o namoro, que não ia bem. Para Pati, porém, contou a verdade, e a amiga sugeriu que fosse franca com Bruno e revelasse sua tara secreta.

– Ele me larga na mesma hora – Dinorah respondeu.

– Você arruma outro rapidinho, sua boba.

– Que homem iria aceitar isso, Pati?

– É. Só um cafetão mesmo.

– Cafetão eu não quero.

– Qual é o problema? Se alguém te arruma cliente, é justo que ganhe comissão.

– Eu sei que é justo. Mas não quero mais gente envolvida, entende?

– Então reza pro novo gerente gostar de você.

Um mês depois o celular de Dinorah tocou. Era o novo gerente. Ele estava na capital e queria conhecê-la. No dia seguinte, uma sexta, ela pôs o vestidinho branco, sem sutiã e sem calcinha, e foi encontrá-lo no bar do hotel onde ele se hospedava. Chamava-se Jaques, era mais novo que Executivo e era um cara muito bonito. Ele disse que seu colega havia falado bem dela e que estava interessado.

– Ele te falou como é o meu esquema?

– Sim, Loirinha. Cem reais adiantados, né?

– Isso mesmo.

– Fechado. Vamos subir pro meu quarto?

– Você decide, Chefinho. Posso te chamar assim, você tem jeito de Chefinho.

E assim foi. Naquela noite, no décimo quinto andar do hotel, Dinorah foi novamente puta, agora com um novo cliente. Ele pagou adiantado, ela pôs o dinheiro sobre a mesinha ao lado e falou: Agora deixa tua putinha te chupar, Chefinho. E abriu a calça dele, recebendo

143

em sua boca o pau do novo cliente, e nessa noite ela entendeu que os clientes de uma puta eram diferentes, uns mais cuidadosos, outros mais rudes. Aquele era do tipo rude. Não tinha o pau grande como o de Executivo, mas era um tanto indelicado, o que não a impediu em nada de sentir-se feliz, afinal estava novamente fazendo o que adorava fazer, estava outra vez transando por dinheiro. E dessa vez havia algo de muito especial: era a primeira vez do cliente, e era preciso fidelizar a clientela. Quer comer meu cu, Chefinho, é oferta especial da casa, ela perguntou, manhosa. E Chefinho quis, sim, e a pôs de quatro e a enrabou com violência, puxando seu cabelo, e Dinorah, mesmo sentindo-se rasgada por dentro, deleitou-se ao observar-se no espelho ao lado, parecia uma cadela devassa, e bem à sua frente, sobre a cama, os cem reais do lanche, mais belos que nunca.

A VIDA VOLTOU AO NORMAL para Dinorah. As aulas voltaram a ser o que eram, a irritação com Bruno sumiu e até o sexo com ele ficou mais interessante. Bem, não tão interessante como com Chefinho, é verdade, que, diferente de Executivo, ia à capital duas vezes por mês. E sempre que ia, procurava Dinorah. E ela não recusava, o que a obrigou a ter o dobro de cuidado para que Bruno não desconfiasse.

Um dia Chefinho disse que queria sexo a três, e perguntou se ela por acaso não tinha uma colega. A ideia não a agradou muito, mas não podia perder o novo cliente. Ela disse que falaria com uma amiga. A amiga era Pati, claro, a única que poderia topar aquela parada e, além disso, elas já haviam transado a três uma vez, não seria nenhuma novidade. Pati trabalhava como operadora de telemarketing para poder pagar a faculdade de Turismo e uma graninha extra certamente seria muito bem vinda. Além disso, era inteligente e descolada, saberia lidar bem com a situação.

– Ai, amiga, não sei se eu levo jeito pra puta.

– Ah, nem vem, eu sei que você gosta de uma boa putaria. E ele é lindo, você daria pra ele de graça.

– É rico?

– Acho que sim.

– Quanto a gente cobraria?

– Semana que vem ele volta. A gente marca um encontro e você negocia, que tal? Você é melhor que eu nisso.

Na semana seguinte, elas se encontraram com Chefinho no bar do hotel. Pati foi vestida com uma minissaia bem curta e um decote tão generoso que a cada dez segundos magnetizava o olhar abobalhado do Chefinho. Ele gostou dela, que se apresentou como Morena, e ofereceu duzentos.

– Pra cada uma, Chefinho? – perguntou Pati, à frente das negociações.

– Não, pras duas.

– Então nada feito.

Dinorah tremeu. Tudo que não podia acontecer era perder o cliente por ganância da amiga. Mas confiava nela.

– Quanto vocês querem?

– Quatrocentos é um preço justo.

– Tudo isso? Sua amiga cobra cem.

– Meu lanche é mais caro, Chefinho.

Dinorah suava. Conhecia bem Pati e sabia de sua personalidade forte e determinada. Determinada até demais. Talvez não houvesse sido uma boa ideia...

– Pago trezentos, Morena.

– Trezentos é o meu preço. Pague mais cem e terá duas meninas lindas e fogosas em sua cama.

– Você é tão competente quanto sua amiga?

– Se você não gostar, te devolvo a grana.

Dinorah aguardou nervosamente a resposta do homem. À frente dele, os peitos de Pati se ofereciam feito dois melões numa bandeja, e Chefinho, coitado, até se esforçava por não olhá-los, mas seus olhos inapelavelmente escorregavam para dentro do decote da Morena e a muito custo é que conseguiam sair de lá. Chefinho afrouxou o nó da gravata, deu um gole no uísque e falou, enfim, que o negócio estava fechado. Enquanto ele pedia a conta ao garçom, Pati piscou um olho para Dinorah, que sorriu aliviada.

Pati precisou devolver o dinheiro? Longe disso. As duas deram muito prazer ao Chefinho, uma de cada vez, as duas juntas, os três misturados, o pau na buceta da Loirinha e a boca nos peitos da

Morena, Morena chupando Loirinha e Chefinho enrabando Morena... Duas horas depois ele estava esgotado, mas totalmente satisfeito com o dinheiro investido.

Quinze dias depois Chefinho voltou à capital e a dupla Loirinha e Morena novamente compensou cada real pago por elas. Dinorah e Pati, grandes amigas e agora grandes parceiras do ménage à trois. Para Pati, além do prazer da putaria, que ela realmente gostava, havia agora seiscentos reais todo mês ajudando bastante no orçamento. Para Dinorah, alívio: o cliente estava garantido. E ainda ajudava a amiga. Tudo sob controle.

A VIDA, PORÉM, RESERVAVA surpresas desagradáveis para nossa menina. Uma noite, três meses depois do início da parceria sexual com Pati, ao chegar à cobertura de Bruno, ela percebeu de imediato que algo não estava bem. Bruno recusou o beijo e disse que queria conversar. Sentaram-se no sofá, mas ele logo levantou-se e perguntou:

– Há quanto tempo você faz programa?

Dinorah tomou um susto tão grande que ficou muda.

– Não vai responder? – ele insistiu.

Ela pensou em fingir que não sabia do que ele falava, mas percebeu que não conseguiria. E respondeu a verdade, que começara pouco antes de conhecê-lo. Ela podia ver a sombra da decepção em seus olhos, ele estava arrasado. Perguntou-lhe como descobrira e ele disse que dias antes um amigo a havia visto num bar com Pati e um homem, e os seguiu até o motel. Por quê, Dinorah?, Bruno perguntou. E ela nada respondeu. Por quê, Dinorah? E dessa vez ela respondeu a única coisa possível: Porque eu gosto.

O clima era horrível. A vontade era de levantar e sair correndo, mas ela sabia que não podia fugir assim daquele momento. Bruno tinha direito a um mínimo de consideração de sua parte.

– Não vai dar pra continuar.

– Desculpa, Bruno. Eu não queria que terminasse assim.

– Por isso você sempre defendia as putas. Você é uma delas.

Dinorah fechou os olhos. Ouvir aquilo daquela forma era doloroso. Mas...

– Você é uma doente, Dinorah.

INDECÊNCIAS PARA O FIM DE TARDE

Era doloroso, sim, mas foi nesse momento, confrontada com a acusação que sofria, que ela finalmente compreendeu. Não, não era doente. Era uma puta. Não era a sua profissão, mas gostava de transar por dinheiro, e isso era o bastante, não? Sim. Tinha alma de puta. Fosse fetiche, fantasia ou realidade, era isso que ela era: uma puta. Era puta, sim. De corpo e alma.

– Eu não menti pra você, Bruno. Te falei várias vezes que eu sou puta.

– Falou? Quando?

– Quando a gente transava.

– Mas... na transa não vale.

– É nesse momento que uma mulher revela suas melhores verdades, você não sabia?

Bruno não respondeu. Tinha os olhos marejados e olhava para um ponto qualquer no espaço. Dinorah sentiu pena dele, mas sabia que nada mais havia a ser feito. Caminhou até a porta, abriu e, após dezoito meses de um namoro que nunca deveria ter começado, saiu para sempre da vida de Bruno.

Naquela noite não conseguiu dormir, seu ser inteiro era um turbilhão de pensamentos e sentimentos. Por um lado, estava triste por Bruno. Não o amava, mas gostava dele. Como poderia ter sido diferente? Não, não poderia, ele jamais aceitaria sua condição. Por outro lado, sentia-se aliviada, pois agora finalmente não tinha mais dúvidas: ela era puta, sim. Transar por dinheiro era delicioso e não machucava ninguém, o que havia de errado nisso? Por que não continuar? E já que namorado nenhum a aceitaria, ela seguiria solteira mesmo, pelo menos enquanto sentisse prazer em ser puta.

Quando amanheceu e a claridade do dia invadiu o quarto, ela estava em paz consigo mesma, não mais havia conflito em sua alma. Então levantou e encontrou os pais na sala tomando café. Sentou à mesa e eles logo comentaram sobre o estado de espírito da filha. Ela riu e contou que estava novamente solteira. A mãe comentou que ela estava mais bonita, e que o namoro não estava mesmo fazendo bem a ela, e o pai lembrou que em poucos dias ela receberia o diploma de advogada, bola para frente, minha filha. Página virada, vida nova, ela respondeu, sorridente.

Após o café, calçou os tênis e, enquanto os pais saíam para a missa das oito, seguiu para o parque. Era um belo domingo ensolarado, ela pensou, perfeito para recomeçar a vida. Do parque mesmo ligou para Pati, para contar as novidades. Falou que ainda estava triste por Bruno, mas que se sentia muito feliz por ter finalmente assumido o que ela, de fato, era. E preveniu a amiga:

– Ele sabe que você também tá no esquema, Pati. Melhor a gente tomar cuidado.

– Eu não tô mais, Dinorah.

– Como assim?

– Eu ia te contar num momento mais oportuno... mas acho melhor resolver isso agora.

Dinorah sentiu um calafrio. O tom de voz da amiga a assustava.

– Mas... você estava tão animada. O que aconteceu, Pati?

– Eu e Jaques estamos namorando.

Ficou em silêncio. Pati e Chefinho namorando? Escutara direito?

– Viajo na próxima semana, já tô com tudo pronto. Vou morar com ele.

Não. Pati só podia estar brincando.

– É sério, Dinorah. Você vai ter que arrumar outro cliente.

– Mas... Pati...

– Desculpa, Dinorah. Boa sorte.

Ela escutou o som da ligação encerrada. Sentada no banco do parque, tinha a impressão que estava sonhando, que em breve algo aconteceria e ela, puff, despertaria. Mas nada aconteceu. Cinco minutos antes sorria feliz para o mundo, e agora estava totalmente sem chão. O namorado descobrira que ela era puta e o único cliente que tinha a abandonara para ficar com sua melhor amiga. Sem cliente, sem amiga, sem namorado, sem nada. Aquilo era a realidade, brilhando tão forte quanto o sol sobre sua cabeça.

UM MÊS DEPOIS, RECUPERADA DO BAQUE, Dinorah começou a estudar as possibilidades. Tinha vinte e sete anos, era agora uma advogada formada e trabalhava num importante escritório.

Dois anos antes começara a transar por dinheiro e descobrira nisso o grande prazer de sua vida. Embora tivesse plena consciência de todos os riscos envolvidos, não estava disposta a abrir mão do prazer. Precisava fazer algo para continuar tendo sexo pago.

Mas o quê, exatamente? Bater ponto em alguma rua? Não, isso estava fora de cogitação, pois temia por sua segurança e nem podia tornar públicas suas atividades. Os bares dos hotéis pareciam ser uma opção interessante, mas desistiu quando descobriu que teria que deixar uma gorda comissão com os gerentes. Tudo de que precisava era um único cliente, só isso.

Optou pelo Pai Tomás, um bar de sinuca que era frequentado também por mulheres que faziam programa. Lá certamente não encontraria conhecidos. Escolheu um vestido discreto, chegou no bar cedo e sentou-se num banco do balcão. Pediu um suco. Enquanto reparava no ambiente, percebeu que um cara acenava para ela da mesa de sinuca. Um segundo antes de sorrir de volta, reconheceu o cara: era um conhecido da faculdade. Que merda, pensou Dinorah, assustada. Desanimada, levantou e foi embora.

No dia seguinte, pesquisou mais lugares e encontrou um bar num bairro distante. Talvez lá não topasse com conhecidos. De fato, não topou, mas os homens que o frequentavam eram feios e grosseiros, jamais transaria com eles, nem por pouco nem por muito dinheiro.

Não lhe agradava ter que anunciar-se em sites de garotas de programa, mas pelo jeito não havia opção melhor. Então criou coragem e ligou para um número que conseguira num dos tais sites. Era o telefone de um tal Dinho, o cara que fizera as fotos das garotas. A ideia era fazer fotos bonitas e sensuais como aquelas, mas ela posaria de máscara para não ser reconhecida. Um dia depois ela foi ao estúdio conversar com o fotógrafo. Dinho tinha cinquenta anos, era um profissional experiente e lhe pareceu um cara confiável. Ela explicou que queria as fotos para fazer uma surpresa ao namorado, e marcaram a primeira sessão de fotos para a semana seguinte. Ela comprou algumas peças de lingerie, luvas e apetrechos. E as máscaras, claro.

No dia marcado, lá estava nossa menina, nervosa mas decidida. Dinho a tranquilizou, dizendo que ela era uma mulher linda, de sensualidade natural, que não ia ser difícil fazer boas fotos, e que podiam explorar seu jeitinho de menina, misturando ingenuidade e malícia, e ela adorou a ideia. Ele explicou que no estúdio ficariam apenas ele e sua assistente, que o ajudaria na iluminação e na troca de roupa. Combinaram que naquela primeira sessão ela fotografaria vestida e que, na segunda sessão, com ela mais relaxada, fariam as fotos de nu. Ele perguntou se ela aceitava uma taça de vinho para relaxar, mas ela recusou. E assim, durante as três horas seguintes, Dinorah experimentou várias poses, fez caras e bocas e trocou muitas vezes de roupa. Ao fim, Dinho elogiou-a e disse que ela se saíra muito bem.

Três dias depois fizeram a segunda sessão, e dessa vez Dinorah aceitou a taça de vinho, pois estava mais nervosa. Foi uma sábia decisão. O vinho a ajudou a relaxar e ela posou com muita naturalidade para a lente de Dinho, seminua e totalmente nua, e enquanto os cliques se sucediam, ela lembrava das noites com Executivo e Chefinho, e aquilo tudo a deixou num tal estado de excitação que teve ímpetos de se masturbar ali mesmo, na frente de Dinho e de sua assistente. Quando a sessão terminou, ela continuou deitada sobre as almofadas por algum tempo, nua e relaxada, curtindo as boas possibilidades com que o futuro lhe acenava. Acho que temos fotos maravilhosas, Dinho falou, você fotografa muito bem. Dinorah agradeceu o elogio e a assistente lhe entregou sua roupa.

Dias depois ela voltou ao estúdio e gostou bastante das fotos, todas feitas com muito bom gosto. As máscaras lhe escondiam bem a identidade, e seu corpo parecia mesmo o de uma adolescente. Mesmo nua e em poses provocantes, alguém diria que aquela garota era uma puta?

Pagou o restante do acertado e levantou-se para ir embora.

– Seu namorado é um cara de sorte – Dinho disse. – Ele vai ter uma bela surpresa.

Dinorah parou e pensou um pouco. Por que mentir para ele?

– Na verdade, não tenho namorado.

– As fotos são pra algum trabalho?

– Ahn... Não. Sim.

Dinho sorriu, e pelo sorriso, Dinorah desconfiou que ele já havia entendido tudo. Sentiu-se desmascarada.

INDECÊNCIAS PARA O FIM DE TARDE

– Fique tranquila, Dinorah, sou um profissional e já tô acostumado com esse tipo de trabalho. Se quiser alguma dica de site, posso sugerir alguns muito bons.

– Na verdade... – ela começou a responder, sem jeito. – Eu não sou exatamente o que você tá pensando, Dinho.

Ele a olhou curioso. Ela reparou que ele tinha olhos pretos muito bonitos, como não reparara antes? Aliás, não eram apenas os olhos, ele era realmente um cara bonito e charmoso, aqueles cabelos grisalhos, o porte elegante...

– O que você é, então?

De repente ela sentiu uma imensa vontade de contar tudo para ele. Sim, mal o conhecia, mas talvez ele pudesse realmente ajudá-la, quem sabe?

– Tem um barzinho legal aqui perto, quer ir comigo? – ele perguntou.

Meia hora depois, na mesa do bar, Dinorah abriu o jogo sobre sua fantasia de transar por dinheiro. Contou sobre os programas com Executivo e Chefinho, o namoro frustrado com Bruno, o lance com Pati e também sobre seus planos de usar as fotos para conseguir um novo cliente. Dinho escutou tudo em silêncio. Ao fim, ela falou:

– Tá surpreso, né?

– Admito que sim.

– Você acha que eu sou uma puta?

Dinorah fez a pergunta e esperou nervosamente pela resposta. Não que ela fosse mudar o que pensava a respeito de si mesma, pois quanto a isso já não tinha dúvidas. Mas saber o que Dinho pensava tornara-se de repente algo muito importante.

– Não sei o que você é – ele respondeu, olhando sério em seus olhos. – Mas se é uma puta, então é a puta mais linda e verdadeira do mundo.

Ela ficou pasma. Não esperava por uma resposta como aquela. Ele tocou seu rosto com delicadeza, aproximou-se devagar, como se dando tempo para que ela recuasse, mas ela não recuou, e ele a beijou na boca. Suas línguas se envolveram num beijo quente enquanto as mãos buscaram com sofreguidão o corpo do outro. Dinorah estava gostando de tudo: o jeito dele de beijar, as mãos firmes em seu

151

corpo, o cheiro... Séculos depois, quando suas bocas se separaram, ele falou, ofegante:

– Quero te comer, Dinorah. Agora.

Ela adorou ouvir aquilo. Já ia dizer eu também quando ele completou:

– Te pago adiantado, como você gosta.

Ela quase riu. Não seria nenhum sacrifício dar de graça para aquele cara, mas já que ele queria pagar, mil vezes melhor.

– Você me paga no motel.

– Pode ser em meu apartamento? Moro na rua de baixo.

– O cliente manda.

E foram. O apartamento era um quarto e sala com decoração simples e uma pequena sacada. Dinho pôs Lovage para tocar e a levou para o quarto. E lá transaram até a exaustão. Quando Dinorah acordou, já estava claro, e Dinho dormia ao seu lado na cama. Ela o observou por alguns instantes, admirando sua excitante beleza de homem vivido, as marcas no rosto... Para quem tinha cinquenta anos, ele estava bem, e até aquela barriguinha era um charme. E o pau, molinho como estava, nem lembrava o pau grosso e inquieto que horas antes metia gostoso nela, invadindo-a de todas as formas, com uma mistura de delicadeza e violência que ela adorou. Ela levantou-se, pegou a nota de cem no chão, vestiu-se e saiu em silêncio para que ele não acordasse. No elevador, viu-se no espelho e riu de sua cara de boba. Ah, não, Dinorah, ela pensou, você não está apaixonada, não está, entendeu?

ESTA SIM, ESTA NÃO, ESTA SIM, esta não, esta sim. A escolha das melhores fotos não foi difícil, havia várias muito boas, e logo Dinorah tinha as suas prediletas separadas num arquivo em seu computador. Faria ainda uma segunda triagem e depois escolheria os sites onde as publicaria. Sua intenção era atrair homens de outras cidades, seria menos arriscado. Mas faria isso no dia seguinte, estava muito cansada, o dia fora cheio, com aula de manhã e à tarde, e no dia seguinte tinha que acordar cedo. E, além disso, havia dormido pouquíssimo na noite anterior.

A noite anterior... Ela desligou o computador e ficou lembrando da noite com Dinho, no apartamento dele. Fora uma transa incrível, maravilhosa mesmo. Ele a comera de um jeito que ela jamais havia sido comida antes, nem por Executivo, nem por Chefinho, nem por ninguém. Comera-a com vontade, com tesão, ao mesmo tempo com violência e com doçura, ao mesmo tempo o beijo alucinado e o pau entrando e saindo com delicadeza, como era possível aquilo? E metera nela olhando fundo em seus olhos, tão fundo que ela de repente se perdia no olhar dele e o quarto sumia, tudo sumia, e ela sentia-se uma coisa só junto dele, um único ser, que transava consigo mesmo... Que coisa louca.

Será que ele fazia isso com as outras garotas que fotografava? Será que havia gostado dela? Ele tinha um jeito especial de olhar, como se a visse como realmente era, e ela se sentia nua quando ele olhava assim, mais nua que quando esteve sem roupa diante dele no estúdio. Ou ele olhava assim para todas? Ele era atraente, inteligente, devia haver muita mulher atrás dele. Por que estava solteiro?

Dinorah virou-se na cama, sentindo-se docemente envolvida pelas lembranças da noite que teimava em não terminar. Será que ele ligaria, querendo outro programa? Ou era do tipo que não se envolvia com clientes? E se ela mesmo ligasse, com a desculpa de que queria fazer mais fotos? Parecia uma boa ideia, ela pensou, mas logo repensou: Caramba, e por que eu faria isso? Não. Não e não. Melhor esquecer o cara e se concentrar no que tinha a fazer. Se ele quisesse ser seu cliente, ótimo, e se ele foi um cliente de apenas um programa, ótimo também. E assim nossa menina adormeceu, com a questão resolvida.

Doce ilusão. A questão voltou à estaca zero dois dias depois: no escritório, durante o intervalo para o lanche, ela viu uma mensagem dele: Quero te ver de novo. Quem disse que conseguiu se concentrar depois disso? Enquanto tentava organizar o material de um cliente sobre sua mesa, os pensamentos e as dúvidas voltaram à sua mente. Até que não aguentou mais, saiu da sala e dirigiu-se ao banheiro, trancando-se num box.

– Oi, Dinho. É a Dinorah.

– Que bom que você ligou. Podemos marcar um horário?

Ele quer outro programa, pensou Dinorah, subitamente feliz.

– Claro. Pra quando?

– Pra hoje.

– Hoje?

– Sim, hoje.

– Bem, eu...

– Eu pago o dobro.

– Ahn... só um instante – ela falou, fingindo que estava em dúvida. – Pode ser amanhã?

– Não. Eu pago o triplo, Dinorah. Não, o quádruplo. Mas tem que ser hoje.

Uau, ela pensou, desse jeito ele vai acabar me devolvendo tudo o que paguei pelas fotos...

– Deixa ver... Pode ser às dez? – ela perguntou, e achou aquilo superexcitante, fingir que consultava a agenda para ver se havia algum horário livre entre os programas do dia.

– Tá ótimo, te espero em meu apartamento. Você tem vestido preto?

Percebendo que alguém entrava no banheiro, respondeu baixinho:

– Tenho um que você não vai acreditar.

– Venha vestida nele, por favor.

Quando encerrou o expediente, foi direto para o shopping e comprou um vestido novo: preto, curtinho e de costas nuas. E às dez chegou no prédio do cliente. Nossa menina já tinha experiência, você sabe, mas ela nunca esteve tão nervosa como nessa noite. Enquanto o elevador subia, ela olhava-se no espelho e ajeitava o vestido, o cabelo, o brinco, o vestido de novo... E aquele batom vermelho, não estava um pouco demais? Percebendo o próprio nervosismo, ela terminou rindo de si mesmo: era a própria adolescente indo para o primeiro encontro.

Dinho a recebeu com um sorriso generoso, e disse que ela estava maravilhosa... Ela agradeceu e entrou. Ele ofereceu vinho, ela aceitou um pouquinho. Sentada no sofá da sala, sentiu voltarem as sensações da noite que passara com ele, o sexo gostoso, o cheiro bom do peito dele, aquele olhar intenso... Dinho chegou com o vinho, deu-lhe uma taça e brindaram. A esta noite, ele falou, e as taças tilintaram. E para Dinorah, aquele som foi como um sino a badalar a verdade que ela não queria admitir: estava apaixonada. Apaixonada por um cliente. Quanto amadorismo de sua parte...

Ela pediu que ele contasse um pouco sobre sua vida, estava curiosa por saber mais sobre aquele cara tão interessante. Ele contou que já fora casado, que tinha um filho da idade dela que morava com a mãe, que adorava seu trabalho de fotógrafo e que mais não falaria pois não conseguia se concentrar com uma mulher tão linda e especial pertinho dele. Dinorah riu, lisonjeada.

Dinho pôs a taça sobre a mesa, pegou a carteira, tirou quatrocentos reais da carteira e deu para ela. Dinorah, pegou as quatro notas de cem, separou três e as devolveu a ele.

– Mas combinamos quatrocentos.

– Meu preço é cem – ela disse, sorrindo. – Guarde pras próximas vezes.

– Próximas vezes?

– Só se você não quiser.

– Eu quero muito mais que próximas vezes, Dinorah.

O que ele queria dizer com aquilo? Ela precisava saber.

– Muito mais como?

Ele respirou fundo antes de responder.

– Não consigo tirar você da cabeça desde o primeiro dia. Nunca conheci uma mulher tão incrível como você, acredite. Sei que isso não é a coisa mais sensata do mundo... eu não devia... mas... eu tô apaixonado, Dinorah.

Ela não acreditava no que ouvia. Pôs a taça sobre a mesa, ao lado da taça dele, e as duas tilintaram novamente. Aproximou-se, ficando colada ao corpo dele. E, com o rosto bem pertinho do dele, sussurrou:

– Eu é quem não devia. Mas também me apaixonei por você.

– Verdade?

Ela percebeu a felicidade nos olhos dele, e por um instante Dinho lhe pareceu um garotinho a ganhar o presente com o qual mais sonhava.

– Verdade. Mas não sei se isso é bom. Demorei pra aceitar o que eu sou, mas hoje eu não tenho nenhuma dúvida.

– O que você é?

– Eu sou uma puta, Dinho. Você pode achar que é apenas um fetiche, mas eu sei bem o que eu sou.

– Eu gosto de você do jeito que você é.

– Putas não devem se apaixonar por clientes, é a regra número um.

– Eu sei. Mas é fácil resolvermos isso.

– Como?

– Basta você ser minha namorada.

– Não entendi.

– Aceite namorar comigo e eu continuarei te pagando, como um cliente.

Dinorah riu, mas continuava sem entender. Aquilo não fazia sentido.

– Sei que você já cobra barato. Mas eu jamais terei grana suficiente pra te pagar o tanto que eu quero te comer. Então a gente namora e você me faz um bom desconto, o que acha?

Aquilo começava a fazer sentido.

– Você queria um cliente exclusivo, né? É isso que falta pro teu fetiche, tô certo?

Estava certo, sim, ela pensou, estava certíssimo.

– Seja minha namorada, Dinorah. E eu serei o cliente que você tanto procura.

Dinorah puxou-o para si e o beijou apaixonadamente. Sim, aquilo fazia todo o sentido do mundo.

NOSSA HISTÓRIA AGORA DÁ UM SALTO no tempo, um ano na frente. Você acha que esse namoro deu certo? Acha possível dar certo um namoro onde ela é puta e ele é cliente? Bem, até agora tem dado certo sim, e muito certo. Ela cobra por cada transa, cobra mesmo, e se ele não tem o dinheiro na hora, ela anota numa cadernetinha. Dez reais por cada transa. Se for só um boquetinho básico, cobra a metade, e ela sempre engole, feliz. Anal? Claro que faz, afinal é uma de suas especialidades. Meter em seu cu custa o dobro, porém ela sempre dá o anal seguinte de brinde, não é nenhum sacrifício. Ménage à trois é cortesia da casa, mas ela tem que aprovar previamente a outra. Swing foi uma novidade, ela não esperava, mas topou conhecer e hoje é ela quem pede para ir. Apesar da inflação, ela não pensa em aumentar preços, pois a quantidade de transas compensa

INDECÊNCIAS PARA O FIM DE TARDE

e, além do mais, ela faz questão de manter o cliente, por quem está cada vez mais apaixonada. Ele, então, nem se fala: passou até a evitar as massas e a correr no parque para melhorar a forma física, pois quer ser um cinquentão em forma para que sua putinha sinta orgulho do namorado-cliente.

E as fotos que fizeram? Ficaram lá no computador, sem usar, ela já está satisfeita com a clientela que possui. Mas as roupas que comprou para fazer as fotos, essas ela faz questão de usar com Dinho, todas elas, e dia desses ainda comprou mais, inclusive uma fantasia de aeromoça, que essa era uma antiga fantasia dele, transar com uma aeromoça ao som do tema de *Aeroporto 77*. Um dia a mãe dela desconfiou daquelas roupas tão estranhas no guarda-roupa da filha e Dinorah decidiu contar a verdade... mas pela metade: disse que tinha esse fetiche de se fantasiar, e que o namorado adorava. Se a desculpa funcionou bem, até hoje Dinorah não sabe.

Mês e meio atrás o casal decidiu que seria melhor morar junto. Só com a grana do táxi que ela pegava para ir vê-lo já fariam uma boa economia. E ainda tinha o escritório em que ela trabalhava, que ficava perto. Os pais aprovaram a ideia com ressalvas, principalmente o pai que não gostava do fato de Dinho ter a mesma idade dele. Fizeram um jantar de despedida para a filha única que saía de casa e Dinho jantou com eles, o que não serviu muito para que simpatizassem mais com ele, pois em certo momento Dinho não conseguiu controlar o hábito que tinha de chamar a namorada pelo apelido carinhoso. Nada preocupante, claro, se o apelido carinhoso não fosse... Putinha. Dinorah tentou consertar, mas ela e Dinho tiveram uma crise de riso e o jantar terminou num clima meio surreal, uns sem entender muito e outros se controlando para não rir.

Semana passada o namoro completou um ano. A comemoração? Uma viagem para o Pantanal, onde ficaram sete maravilhosos dias. E quem pagou a viagem foi ela, só com o dinheiro que juntou em um ano de programas com seu cliente amado. E, para completar o pacote nupcial, não cobrou um centavo para transar com ele, foi tudo cortesia.

Bem, quase tudo. No último dia, após o café da manhã na pousada, enquanto arrumavam as mochilas para ir embora, bateu o tesão urgente-urgentíssimo e começaram a se agarrar no quarto. Quando já estavam nus, e ela de quatro sobre a cama, Dinorah perguntou se ele ficaria chateado se ela... bem, se ela cobrasse por aquela saideira.

– Ah, Dinho, esta semana foi tão maravilhosa... Seria a cereja do bolo, você não acha?

– Uma puta com lábia de advogada... – ele respondeu, rindo.

– Ou o contrário.

– Só tem um problema. Já gastamos tudo, estamos zerados.

– Não tem nada aí na carteira?

– Só cartão.

– Ah, não...

Nesse momento, o funcionário da pousada bateu na porta para ajudá-los a levar as bagagens. Dinho enrolou-se na toalha, foi até ele e conversou baixinho alguma coisa. Depois fechou a porta e voltou.

– Resolvido.

– O que você fez?

– Pedi emprestado um real – respondeu ele, sorrindo e jogando a moeda sobre a cama. – Agora, de quatro, Putinha. Já.

Dinorah imediatamente obedeceu e, feliz, voltou a ficar de quatro sobre a cama, a bunda empinada. E, de olhos fechados, aguardou o instante seguinte, aquele mágico instante em que a vida parece suspensa e tudo que existe é a quase insuportável expectativa de que no segundo seguinte ela sentirá um pau duro invadindo sua buceta, e ao lado lhe sorrirá o seu suado, e gozado, dinheirinho.

Faxina Summer Show

MINHA NAMORADA PATRÍCIA me deu um ultimato: Pedrão, ou tu arruma alguém pra faxinar este apartamento ou eu deixo de vir aqui. Então falei com dona Luzia, a senhora da cantina lá da empresa onde eu trabalho, e ela me indicou a sobrinha dela. Falou que a menina faxinava bem e era de confiança, e levava o próprio almoço. Por mim, deixando o apartamento limpo pra Patrícia parar de reclamar, era o que bastava. A moça veio, Meire o nome dela, eu expliquei o que precisava fazer, combinamos que ela viria toda quintafeira, deixei o pagamento sobre a mesa da cozinha e saí pra trabalhar. Não sei se era porque estava apressado pra sair, mas admito que não vi nada de especial na menina. Morena, baixinha, aquela timidez típica das meninas do interior. Não vi mesmo nada demais na Meire. Porém...

Semana passada, na quinta-feira, saí de casa cedo como sempre, mas precisei voltar depois do almoço pra pegar um livro que eu tinha esquecido. Nem lembrava que era o dia da faxina. Abri a porta do apartamento e, tchum, fui atingido por uma poética visão: Meire dançava na sala, em frente à estante, de olhos fechados, vestida com seu uniforme, vestidinho preto com avental branco e tênis azulzinho claro. Percebi que, na verdade, ela estava dublando Donna Summer, o espanador em sua mão fazendo as vezes de microfone. E a música que tocava era *Could It Be Magic*.

Ela não percebeu minha chegada e continuou seu número solitário, dublando e se contorcendo sensualmente em movimentos lentos e sinuosos. Fiquei ali na porta, olhando fascinado, subitamente admirado de sua beleza. E aquelas pernocas, uau, o que era aquilo? E aquela bundinha balançando no ritmo erótico da música, caramba... Não, definitivamente eu não havia olhado direito pra menina no primeiro dia. A dança foi ficando mais sensual e ela ergueu a barra do vestido até o meio da bunda... Caramba, ela estava sem calcinha! Ou não? Não, devia ser impressão minha. Talvez fosse uma dessas calcinhas minúsculas, enfiadíssima na bunda. Senti meu pau se alvoroçando, o coração batendo forte, a garganta seca... Então a música chegou ao fim e ela abriu os olhos, saindo de seu transe. E percebeu minha presença.

– Aaaaiii! – Meire exclamou, tomando um baita susto. – Que vergonha, seo Pedro...

– Sem problema – respondi, entrando e fechando a porta. Começou a tocar *Love to Love You Baby*. – Você gosta de Donna Summer?

– Conhecia não. Semana passada eu botei pra tocar enquanto faxinava e gostei tanto...

Veja você. A menina escolhera Donna Summer pra ser a trilha sonora da faxina, que meigo. O mundo ainda tinha salvação.

– O senhor também gosta dessa cantora?

– Quem gosta mesmo é a Patrícia. O cedê é dela.

– Patrícia é a namorada do senhor?

– É.

– Eu vi uma foto de vocês. Ela é muito linda.

Fiquei sem saber o que dizer.

– Parece uma atriz de cinema. Ela deve ser uma mulher maravilhosa, né?

– Ahn... É, é sim.

– Olha, não arranhei o cedê não, viu, tomei muito cuidado.

– Pode ouvir sempre que quiser.

– Também gostei desta que tá tocando.

– Esta é *Love to Love You Baby*.

– Sei inglês não. Quer dizer o quê?

– Eu amo amar você.

Ela sorriu e ficou me olhando de um jeito assim meio... malicioso. Ou a malícia estava em minha mente? Tive a impressão que a menina, na verdade, entendeu que eu havia dito que eu, Pedrão, amava amar ela, Meire.

– Eu amo amar você é o nome da música – expliquei, me achando meio idiota.

– Eu queria saber inglês pra cantar essas músicas.

INDECÊNCIAS PARA O FIM DE TARDE

Quase que falei que eu poderia ensinar, e de graça. Mas me contive a tempo, pressentindo que eu estava à beira de ser possuído pelo espírito do velhaco tarado seboso, que costuma me atacar em certas ocasiões delicadas.

– O senhor dá licença. Vou continuar o serviço.

– Claro. Vim só pegar uma coisa que eu esqueci.

E fui pro quarto. Peguei o livro e voltei à sala. Agora a menina estava limpando o vidro da janela, de pé sobre um banquinho. Quase dava pra ver a calcinha. E, caramba, aquelas pernocas...

– Tchau, Meire.

Ela virou-se e sorriu. Sorriu novamente daquele jeitinho malicioso. Ou eu é que já estava imaginando coisas?

– Tchau, seo Pedro.

– Pode me chamar de Pedro mesmo.

– Ah, não sei se consigo, o senhor é meu patrão.

– Consegue. É só dizer... Pedro.

Ela sorriu, envergonhada. Como ficam lindas quando estão com vergonha as faxineiras que vêm do interior...

– Só vou embora depois que você me chamar de Pedro – falou o velhaco tarado seboso. Não deu pra contê-lo.

Ela desviou o olhar, sorrindo encabulada. Como ficam lindas as faxineiras que ficam encabuladas de dizer o nome do patrão...

– Tchau, Pedro.

Ai, ai. Meu nome nunca ficou tão bonito na boca de uma mulher. Até porque Patrícia me chama de Pedrão, é bom que se diga.

– Tchau, Meire.

Saí, fechei a porta e entrei no elevador. Acho que estava em estado de choque, nem lembro como cheguei no escritório. Desde então não consigo tirar essa menina da cabeça. Será que ela estava me dando bola, será? Ou aquele era apenas seu jeitinho espontâneo de menina ingênua do interior, e o meu velhaco interior é que estava me pregando peças? Só havia um modo de saber.

Pois bem, cá estou, uma semana depois. Manhã de quinta-feira, eu aqui sentado no sofá, de bermuda e camiseta, o jornal ao lado. É a edição de domingo, mas isso não tem importância. E já avisei lá na

161

empresa que hoje só vou à tarde. Desligo o celular, é melhor. Olho o relógio, oito horas. Calma, Pedrão, ela deve estar chegando.

Então, ouço a porta da área de serviço abrindo, e depois fechando. Ufa, ela chegou. Agora deve estar indo pro banheiro de serviço. Deve estar agora trocando de roupa. Pego o jornal e busco qualquer notícia pra ler. Putaquipariu, dá pra ouvir meu coração batendo. Mais um pouco... só mais um pouco... mais um pouquinho... e ei-la, ei-la na porta da cozinha, sorrindo pra mim.

– Bom dia, seo Pedro.

– Bom dia, Meire.

– O senhor não vai trabalhar hoje?

– Vou só à tarde.

Como fica mimosa nesse uniforme de faxineira...

– Se o senhor quiser, começo a limpar pelo quarto do senhor.

– Não se preocupe, não vai me atrapalhar.

– Tá bom. Mas se atrapalhar, o senhor diz, tá?

– Digo.

Ela começa a passar o pano na estante. E eu no sofá, com meu jornal de domingo. Reparo que em determinados movimentos o vestidinho preto sobe um pouco e quase dá pra ver a calcinha. Que cor será? Terá florzinhas, coraçõezinhos, moranguinhos? De repente ela se vira, e eu, flagrado em minhas admirações, volto o olhar pro jornal.

– Tô atrapalhando o senhor, né, seo Pedro?

– Não, não. E pode me chamar de Pedro mesmo.

Ela sorri sem jeito e volta ao serviço. E eu volto a admirar seu corpo, seus movimentos tão graciosos. Aquelas pernocas lindas, aquela cinturinha de pilão... Quando ela se agacha pra ajeitar as almofadas no chão, tomo um susto. Nada de florzinhas, coraçõezinhos ou moranguinhos: ela tá sem calcinha. Não. Não acredito no que vejo, ou no que não vejo, e olho novamente. Mas ela já se ergueu e agora eu tô na dúvida. Será que ela realmente tá sem calcinha? Não, não é possível, isso é a minha imaginação sórdida, por que a menina viria trabalhar sem calcinha? Bem, talvez ela seja muito pobre, coitada, tá sem dinheiro pra comprar calcinha.

INDECÊNCIAS PARA O FIM DE TARDE

Então ela sem querer derruba uma revista e se agacha novamente pra apanhar. Putaquipariu! Ela tá mesmo sem calcinha! Dessa vez eu vi claramente. Tá sem nada por baixo do vestido, nadinha. Caramba... Uma faxineira que vai trabalhar sem calcinha, pode uma coisa dessa? Decido agir. Preciso agir. Não posso fazer outra coisa senão agir.

– Meire?

– Sim, seo Pedro.

– Você não esqueceu de vestir algo?

Ela para, pensa um pouco, leva a mão até o meio das coxas... Então sorri, encabulada.

– É que eu acho mais confortável assim, sabe? Mas se o senhor quiser, eu visto a calcinha...

– Por mim, pode ficar assim mesmo.

– Não carece mesmo não? O senhor tem certeza?

– Tenho.

Não carece... Você não acha lindo esse jeitinho interiorano dela de falar? Devia ser preservado em museu.

Meire segue limpando a estante, sem calcinha, porque é mais confortável, e eu fingindo que leio as últimas do esporte. Uma mulher sem calcinha já é um presente pros olhos do cidadão trabalhador, né? Agora, a sua faxineira sem calcinha, e a faxineira sendo como a Meire, ah, isso é um convite irrecusável à luxúria e ao desatino.

Nesse momento percebo... que ela... dá umas olhadinhas pra mim. Bem rápidas, assim de cantinho de olho, sabe? Entre um e outro de seus afazeres, nossos olhares se cruzam e ela desvia o seu, encabuladinha. Depois ela olha de novo e fala, achando graça:

– O jornal tá de ponta-cabeça.

Caramba. Não é que tá mesmo? Ponho o jornal na posição correta, rindo da minha idiotice. E volto a ler, ou a fingir que leio, enquanto ela vai à área de serviço. O cara falta ao trabalho pra ficar em casa lendo o jornal de ponta-cabeça. O que ela deve estar pensando de mim?

Meire volta com balde e escova. E começa a esfregar o carpete. Adivinha em que posição... De quatro. De quatro e de costas pra mim. Ah, não, isso já é abuso. Posso ver perfeitamente a buceta.

163

Buceta raspadinha, parece um hambúrguer na vertical, hummm... Caramba, que menina safada.

Resolvo partir pro tudo ou nada e, tchum, ponho o Bambam pra fora da bermuda. Bambam é o nome do meu pau, foi Patrícia quem deu esse nome a ele, em homenagem ao personagem dos Flintstones. O danado tá duro que nem granito, e fico mexendo nele até que Meire percebe. Ela toma um susto e fica toda encabulada. Ou tá apenas fingindo? Não, agora já não dá pra acreditar que seja tão ingênua, é impossível. Ela volta a esfregar o carpete, mas em seguida vira o rosto e olha novamente pro meu pau. Parece um pouco assustada, talvez tenha percebido que a brincadeira foi longe demais. Ou é tudo fingimento?

– Quer pegar, Meire?

Ainda olhando pro meu pau, ela faz que não com a cabeça.

– Só pegar.

Ela hesita.

– Só pegar?

– Isso, só uma pegadinha.

Tá indecisa, conheço bem uma mulher indecisa.

– Vem...

Vem é a palavrinha mágica quando a mulher tá indecisa. O tom da voz depende da mulher, podendo ser num tom de ordem, pedido ou súplica. Pra Meire achei melhor pedir. Vem... E funciona: ela larga a escova e vem em minha direção, engatinhando devagar, que nem uma gatinha que tá supercuriosa a respeito daquela estranha salsicha pulsante à sua frente. Ela se aproxima, para entre minhas pernas e senta sobre os calcanhares, as mãos pousadinhas sobre as coxas. Solto meu pau e ele fica lá, ereto que nem um mastro sem bandeira. Meire olha pra ele e agora já não parece assustada. Ela observa meu pau com atenção, quietinha, mordendo os lábios.

– É bonito.

– Você acha?

– Mais bonito que o do meu noivo.

Ela tem um noivo, pode uma coisa dessa? Dona Luzia já havia me dito. Vinte anos e já quer casar, essa juventude tá perdida. Ela estica

INDECÊNCIAS PARA O FIM DE TARDE

o braço e toca meu pau com a ponta dos dedos, como se ele fosse um bicho selvagem que a qualquer instante fosse atacá-la. Como não atacou, ela toca novamente, mais confiante, e dessa vez segura-o entre os dedos, sentindo-o latejar.

– Quer dar um beijinho nele?

Ela faz que não com a cabeça, meu pau ainda está em sua mão, pulsando.

– Só um beijinho.

Ela hesita outra vez. Conheço uma mulher quando hesita.

– Ele tá pedindo, ó.

Ele tá pedindo, ó. É uma frase mágica. Difícil uma mulher resistir a um pau pedinte.

– Tá, só um beijo – ela finalmente consente. Então chega seu rosto mais perto e beija rapidamente a cabeça do meu pau. Uau, ele tá tão duro que tenho certeza que no próximo segundo vai explodir, vai ser pedaço de pau pra todo lado. Faço um esforço danado pra não agarrar sua cabeça com as duas mãos e forçá-la contra ele, mas sou um patrão educado, não faria isso.

– Não quer dar uma chupadinha?

– O senhor deixa?

Ora, ora, mas isso é pergunta que se faça?, eu quase falo. Mas prefiro ser distinto:

– Claro, Meire, fique à vontade, ele é todo seu.

E fecho os olhos, e me ajeito no sofá, à espera de me sentir engolido pela boquinha da minha doce faxineira. Mas a boquinha não vem. Abro os olhos e a menina continua lá, acariciando meu pau e olhando pra ele.

– Eu tô assim com o senhor mas o senhor sabe que eu sou moça direita, né?

– Sim, claro, eu... humm... eu sei, claro... hummhmm... admiro muito isso em você...

Eu sentado no sofá, ela ajoelhada entre minhas pernas, meu pau entre mim e ela, sua mão subindo e descendo em meu pau. E sua boca a um palmo dele, a meio palmo, se aproximando, se aproximando...

165

– O senhor pediu pra eu chamar o senhor só de Pedro, mas eu não posso não – ela diz, parando a boca a um centímetro do meu pau, pro meu desespero.

– É? Por quê? – pergunto, mantendo a compostura.

– Acho certo não, sabe? O senhor é meu patrão, eu sou sua faxineira. Não é bom confundir as coisas.

Ora veja. Eu realmente não esperava por essa argumentação. Mas é claro que, nessa altura do campeonato, eu é que não vou discutir com uma linda faxineira que está punhetando meu pau com sua mãozinha tão macia, a boca quase nele...

– Você tem... humm... toda razão, Meire...

– O senhor sabia que eu sou virgem?

Virgem? Caramba. É sério?

– Sabia, seo Pedro?

Não. Não sabia. Como iria saber?

– Hummm...

– Pois eu sou.

O que devo dizer? Parabéns? Lamento muito?

– Sou virgenzinha. Mas só na frente.

Ora veja.

– Posso pedir uma coisa pro senhor?

Não. Não posso acreditar que ela vai pedir pra eu botar só no cuzinho dela, não, isso só acontece nos contos eróticos.

– Pode, peça...

– O senhor bota...

– Boto, boto, claro. Quer agora?

– ... aquele cedê?

Heim?

– Que cedê?

– Da Donna Summer.

– Ah, sim.

Caramba, a menina ficou realmente obcecada pela Donna Summer.

INDECÊNCIAS PARA O FIM DE TARDE

– Pode botar você mesma, fique à vontade.

Ela larga meu pau, levanta, vai até a estante e bota o cedê pra tocar. Segunda faixa, *Could It Be Magic*. Acho que demorou dois séculos pra voltar.

– O senhor não vai contar pra minha tia que a gente tá fazendo isso, né? – ela pergunta, ajoelhando-se novamente entre minhas pernas e prosseguindo nos carinhos.

– Claro que não, Meirinha... hummm...

– Se ela descobre, ela me manda de volta pro interior.

– Hummhhhhmmm...

– O senhor jura?

– Hummmhhmhmhmhm... Heim?

Já não sei mais sobre o que ela tá falando.

– Jura, vai.

– Quem, eu?

– Sim, jura.

– Juro – respondo, sem ter a mínima ideia por que diabo eu tô jurando.

– Então beija.

– Ahn?

– Beija.

Beijar? Beijar o quê?

– Vai, beija.

Sem ousar questionar o fetiche da menina, inclino a cabeça pra frente, mas, apesar de meu esforço, meu rosto não chega nem perto do meu pau.

– Não, não. Beija os dedos. Assim, ó, fazendo a cruz. Pra jurar bem jurado.

Cá pra nós. Você já teria perdido a paciência e mandado um chupa logo essa caceta, Meire, não teria, diga a verdade. Mas eu me controlo e beijo os dedos em cruz, e olhe que eu sou ateu. Tudo por um boquete.

Meire finalmente começa a me chupar, ufa, enquanto Donna Summer canta só pra nós. Sinto o calor aconchegante de sua boca... Não é que minha faxineira sabe fazer direitinho? Pode ser virgem na

167

frente, mas aquela boca é profissional, ah, é sim, conheço uma quando vejo. Estico as pernas e me acomodo melhor no sofá. De fato, ela chupa superbem, sabe envolver meu pau com jeito, e a sensação é boa demais, ótima demais...

– Patrãozinho tem um pau tão gostoso – ela fala, interrompendo o boquete.

Tomara que ela não me peça aumento agora, pois não tô em condição de negar.

– É mais gostoso que sorvete...

Obrigado, Meire, obrigado, mas eu sinceramente prefiro que você chupe em vez de falar. Vai, volta a chupar, por favor...

– Eu sempre acordo meu noivo assim. Adoro quando sai o leitinho, parece mágica, né?

Ai, ai, ai... Tô começando a desconfiar que essa menina tem um parafuso frouxo.

– O nome do pau dele é Caveirão.

Não, eu não ouvi o que acabo de ouvir.

– Acho muito feio, mas ele diz que é esse nome mesmo e não vai mudar.

Puta merda. Agora eu tenho certeza que essa menina é doida.

– O do senhor tem nome?

– Heim?

– Posso chamar ele de Pedrito?

Pedrito? Claro que não. Onde já se viu um pau chamado Pedrito? Seria a desmoralização total. Aliás, onde já se viu um pau ter dois nomes? Patrícia chamando ele de Bambam, Meire chamando de Pedrito, isso não ia dar certo, o coitado pode ter uma crise de identidade. Mas acontece que não tô em condições de negar mais nada...

– Pode, minha linda, pode.

Pode mas chupa, vai, faz favor.

– Pedrito, você é muito fofo, viu?

Ele já sabe disso, Meire. Agora me chupaaaaaa!!!

Pro meu imensurável alívio, ela finalmente esquece aquela história de batismo de pau e recomeça a chupar. E Donna Summer geme junto comigo.

– Hummhhmm...

– Quero ver a mágica do leitinho... – ela diz, entre o vai e vem de sua boca.

Aviso que vou gozar, vou gozar, vou gozar... E meu gozo explode dentro de sua boca, com a força de um milhão de megatons de tesão acumulado, e ela engole tudo, lambendo e saboreando com muito gosto. Coitada, deve estar com fome, acho que nem tomou café da manhã.

– Leitinho bom...

Ela bebe minhas últimas gotas enquanto eu curto essa sensação de abandono de si mesmo a que chamamos orgasmo. E, no meu caso, me abandonei de um jeito que fiquei largado lá no sofá, imprestável pro resto da vida.

– Gostou, patrãozinho?

– Mmmmhhhhmmmnnn... – é só o que consigo dizer, ou mugir, pra combinar com a ordenha que sofri.

– Fiz do jeito que o senhor gosta?

– Mmmmhhmm, humm...

– Então dá licença que eu vou voltar pro serviço, viu?

Ela levanta, desliga o som, pega o balde e a escova e vai pra cozinha. No silêncio da sala, semimorto no sofá, eu me pergunto que faxineira é essa, sem acreditar no que acaba de acontecer.

Mas logo ela volta.

– Esse vestido ficou um pouquinho apertado aqui em cima. Vou ter que fazer um ajuste.

– Mhhmmnn...

Ela senta ao meu lado e me abraça carinhosa.

– Tão lindo o meu amor fica depois de um boquetinho...

Não é mais Meire. É Patrícia. Ela me beija no rosto, na boca, me afaga os cabelos.

– Gostou da minha faxineira?

– Adorei....

– Mesmo?

– Claro. Só achei demais aquele marketing descarado de elogiar a namorada do patrão.

– Não resisti...

– Ela vai ficar chamando o Bambam de Pedrito mesmo?

– Vai. Bambam é só pra mim.

– Acho que ela tem um parafuso frouxo, fica falando do pau do noivo...

– Ah, Pedrão, quando você criou a fantasia da Testemunha de Jeová em crise existencial, eu não me meti em nada.

– Tá bom, tá bom.

Patrícia me agarra e nos beijamos novamente. Meire tem toda razão: é mesmo uma mulher maravilhosa, e tem um beijo inacreditavelmente delicioso. E eu sou um cara de muita sorte.

– É só uma sugestão. Na segunda parte, ela põe pra tocar o *Racional* do Tim Maia, que tal?

– A Meire gosta de Donna Summer e ponto final. E agora vamos que a gente marcou oito horas no bar – ela diz, findando o beijo e levantando do sofá.

– Só mais um minutinho – respondo, me espreguiçando.

– Pingou um pouco no chão, depois passa um pano.

Lá fora, a noite do sábado acaricia meus pensamentos. No som, Donna Summer ainda geme um de seus sucessos.

– Ouviu, Pedrão?

– Sim, senhora.

Para meus donos, com amor

EM PÉ, DIANTE DO ESPELHO da parede, Cachorrinha vê sua imagem refletida. Seu corpo magro nu, a alvura da pele, o cabelo chanel negro, os seios pequenos... Em seu pescoço, a coleira de couro vermelha com as iniciais em amarelo: BB. E a corrente de ferro, prendendo-a pelo pescoço ao pé da cama. Ela gosta do que vê.

Quando a porta se abre, Cachorrinha imediatamente ajoelha-se, senta sobre os calcanhares e encosta as palmas das mãos no chão, à frente dos joelhos, a posição um, da docilidade. Uma mulher entra, trajando vestido e sapato de salto alto.

– Está pronta, Cachorrinha?

Ela percebe a mudança no tom de voz de Brenda. Já não é mais a moça que meia hora antes a recebera, entre abraços e saudações descontraídas. Agora é sua dona. Dez anos mais nova que ela, mas naquele vestido e naquele salto alto parece ser mais velha.

– Nossos convidados logo chegarão.

Cachorrinha sorri. Adora quando seus donos convidam amigos para brincar com ela. Sua dona solta a corrente do pé da cama e Cachorrinha agradece esfregando-se em suas pernas. De pé, é observada por alguns instantes, tem seu corpo verificado, os dentes e as axilas, os seios apalpados, a pele cheirada. Sua dona aponta para a cama e Cachorrinha vai para lá, e fica de quatro sobre o colchão, a posição dois, da disponibilidade. As bordas de sua buceta são afastadas, o interior vistoriado, sua dona introduz um dedo, cheira e lambe. Cachorrinha geme. Depois sua bunda é aberta e um plugue é enfiado em seu cu, e a parte externa possui uma argola à qual é preso um rabo peludo de cachorro, de cor castanha.

– Não é bonito? Comprei ontem pra minha Cachorrinha... – sua dona diz, passando carinhosamente a mão em sua cabeça. Cachorrinha olha-se no espelho e exulta com a imagem, sua bunda adornada pelo novo e belo rabo peludo. Tem sorte de ser a cadela de donos tão generosos.

Obrigado, Senhora, obrigado..., ela responde por meio de ganidos, agradecida.

Sua dona a leva pelo corredor do apartamento, puxando-a pela corrente, e Cachorrinha a segue engatinhando, como uma fiel cadelinha deve fazer, e o contato do rabo no interior das coxas lhe provoca arrepios. Na sala, próximo à porta, seu dono as espera. Cachorrinha segue sua dona até lá e para, mantendo-se na posição de docilidade, semiajoelhada, aos mãos no chão.

– Beto, olha como nossa Cachorrinha ficou linda com o rabo novo.

– Lindíssima – ele responde, entusiasmado. – Posição dois, agora, pra tirar foto.

Cachorrinha obedece, ficando de quatro e empinando a bunda para as fotos, sua dona ao seu lado, segurando-a pela corrente.

– Está feliz, Cachorrinha?

Muito feliz, Senhor, ela responde latindo, sacudindo a bunda e balançando o rabo.

– Nossos convidados merecem toda nossa hospitalidade. Sirva-os como se servisse a nós, entendido? – Cachorrinha responde sim com a cabeça. – Boa cadela... – ele diz, dando dois tapinhas em seu rosto. Os tapas não doeram, mas ela pode sentir o rosto latejando levemente, o suficiente para fazer-lhe brotar um tremor de excitação.

O casal convidado entra, seus donos dão-lhe as boas vindas, abraços e beijos.

– Esta é Cachorrinha, que está aqui hoje para todo o nosso dispor, não é, Cachorrinha? – diz sua dona, e ela responde sim com a cabeça, alegremente.

Cachorrinha sorri para o casal, que sorri de volta para ela com indisfarçável interesse. São jovens como seus donos, não tão bonitos, é verdade, mas imediatamente se tornam lindos e especiais, pois são os convidados daquela noite, e servi-los será o mesmo que servir a seus amados donos, e só por isso ela já os ama também.

– Cumprimente-os como nós a ensinamos.

INDECÊNCIAS PARA O FIM DE TARDE

Cachorrinha engatinha até o casal convidado e lambe delicadamente a mão da mulher, e depois a do homem. Que luxo de cadela, diz a mulher. É um belo espécime, parabéns, emenda o homem. E Cachorrinha se derrete de felicidade, vendo que seus donos sorriem orgulhosos dela.

Todos vão acomodar-se nos sofás e Cachorrinha engatinha atrás de sua dona, que a deixa sentada próximo à mesinha de centro. Posição um, Cachorrinha, e ela imediatamente obedece, assumindo a posição de docilidade. Depois de beberem um pouco e conversarem divertidamente, as atenções se voltam para ela.

– Sua cadela é realmente muito bonita, Brenda – diz a convidada. – Desde quando a possuem?

– Seis meses, somos seus segundos donos. Quer dar biscoito pra ela? Ela adora.

Biscoito de carne, hummm... Os prediletos de Cachorrinha. Ela lambe os lábios, olhando fixo para os biscoitos num pote de vidro sobre a mesinha. A convidada pega um biscoito e o atira próximo dela. Cachorrinha hesita, olha para sua dona.

– Pode pegar, Cachorrinha.

E só então ela avança e abocanha o biscoito, e o come com prazer. Depois sua dona a chama, para que os convidados possam vistoriá-la. E eles a examinam, tocando seu rosto, mexendo em seu cabelo, olhando seus dentes. Ela vira-se, para que possam examinar detalhadamente seu novo rabo. Enquanto o tocam, Cachorrinha sente calafrios correrem por seu corpo e ela precisa se concentrar para manter-se quieta. Ser vistoriada é sempre um grande prazer...

– Cachorrinha agora vai nos servir o camarão empanado – anuncia sua dona.

Sobre a mesa, há uma concha com um pequeno gancho na borda. Cachorrinha a apanha com a boca, entrega à sua dona e vira-se de costas. O rabo é retirado e a concha é presa ao plugue anal, ficando pendurada na entrada da buceta. Cachorrinha sente o frio do alumínio nos lábios de sua buceta e geme em ganidos baixinhos. Sua dona põe alguns camarões na concha e ordena que ela sirva os convidados. Cachorrinha engatinha até eles, com cuidado para que os camarões não caiam, e para de costas para que se sirvam. E eles

173

se servem, e seus donos também. Ela silenciosamente implora para que todos se sirvam bastante, pois mesmo o mais leve toque de seus dedos mexe a concha e faz vibrar o plugue dentro de seu cu, criando deliciosas ondas de vibrações... Sua bunda agora é uma bandeja, uma dócil bandeja branquinha de camarões empanados.

– Quer camarão, Cachorrinha? – pergunta seu dono. Ela faz que sim com a cabeça. – Então vá pegar seu pratinho.

Cachorrinha engatinha até a cozinha e volta trazendo na boca seu pratinho de plástico. Seus donos pegam alguns camarões, mastigam e os põem no pratinho, e ela os come diretamente com a boca, fechando os olhos para assimilar bem o sabor. Ah, o melhor molho do melhor chefe do mundo não é nada diante do gosto de saliva fresquinha de seus donos...

Após terminar o último pedaço, ela engatinha até sua dona e lambe-lhe a mão, agradecida. E gane baixinho, olhando para ela de um jeito especial.

– O que você quer, Cachorrinha?

Cachorrinha gane novamente.

– Quer fazer cocô?

Ela responde que sim com a cabeça.

– Como é educada... Ah, Brenda, quando você pode emprestá-la? – pergunta a convidada, encantada.

– Que tal na próxima quinta?

– Está ótimo! Cuidaremos muito bem dela.

Cachorrinha vibra por dentro com o que ouve. Adora ser emprestada. Ela vira a bunda para sua dona, que retira a concha e depois puxa o plugue de seu cu. Depois engatinha até um canto da sala, para e acocora-se de costas para os dois casais que, dos sofás, a observam em silenciosa atenção. Cachorrinha apoia as mãos no chão, suspende a bunda e se concentra. E, durante o minuto seguinte, defeca calmamente, sentindo a merda sair de seu cu devagar, numa longa peça de cor marrom que desce até o pratinho de plástico e pousa enrolando-se sobre si mesma, enquanto ela sutilmente observa pelo espelho da parede os quatro nos sofás, todos extasiados pela sua atuação. Quando termina, seu semblante não nega o prazer e o imenso orgulho que sente. Defecar para os convidados de seus donos, que prova maior de amor uma cadela pode oferecer?

Ela vira-se, abocanha a borda do pratinho e sai engatinhando para deixá-lo na área de serviço, boa cadela que é. Lá, aproveita para limpar-se e retorna para receber a recompensa de seus donos, quem sabe mais um biscoitinho de carne. Porém... eles não parecem satisfeitos. O que pode ter acontecido? Somente neste instante é que percebe que defecara um pouco fora do pratinho. Ela olha para seus donos, com um olhar de desculpas, foi sem querer, só um segundinho de desatenção... Mas já é tarde.

– Muito feio o que você fez, Cachorrinha – diz sua dona em seu ouvido, e Cachorrinha conhece bem aquele tom de voz ameaçador. – Você quer que nossos convidados pensem que não soubemos educar você?

Cachorrinha abaixa a cabeça, triste e envergonhada por sua falha grotesca. Para os donos de animais, nada mais desabonador que serem conhecidos no meio como péssimos educadores. Defecar num pratinho, até a cadela mais simplória sabe fazer isso, que vergonha... Se pudesse, voltaria o tempo para que seus donos não tivessem que passar por tal desonra.

Brenda aponta para um ponto na estante. Cachorrinha gane, pedindo novamente para ser perdoada. Mas sua dona está resoluta e mantém o braço apontado para a estante. Ela engatinha para lá, pega com a boca um saco de veludo vermelho e o leva para sua dona. Apreensiva, Cachorrinha a observa abrir o saco e puxar de dentro um chicote preto de tiras de couro. A visão daquele objeto lhe dá um calafrio. Sua dona a puxa pela coleira e a faz deitar-se de bruços sobre uma almofada, deixando sua bunda bem elevada e inteiramente à disposição.

– Por favor, ensine-lhe um pouco de boas maneiras – diz sua dona, entregando o chicote ao convidado.

Cachorrinha sente o coração acelerar. Seu dono ajoelha-se em frente a ela e a segura pelos punhos, para que não se movimente. Sua dona a venda com uma tira de pano, para que nunca saiba o momento certo em que o golpe a atingirá e, assim, não tenha como se preparar.

Os primeiros golpes são leves, provocando-lhe curtos ganidos de satisfação, e Cachorrinha aos poucos sente a tristeza e a vergonha darem lugar ao prazer de ouvir novamente o doce som do estalo do couro em sua pele. Os golpes se tornam mais fortes, e o prazer se mistura à dor, até que a dor se sobrepõe e as lágrimas escapam de seus olhos, molhando a venda, e a cada chicotada ela morde os lábios, resistindo à dor, a dor que aumenta, e aumenta mais, até que fica insuportável e ela late, pedindo para parar, um latido sofrido misturado com choro.

– Promete que nunca mais vai nos envergonhar como fez hoje? – pergunta seu dono.

Sim, sim, ela responde latindo, ainda chorando. Ele solta seus punhos e lhe tira a venda.

– Ótimo. Agora ponha seu rabo e venha nos satisfazer.

Cachorrinha apanha o rabo e o leva à sua dona. Por alguns instantes ela aguarda, enquanto sente os olhares de todos sobre si, ela de quatro, o rabo na boca, as lágrimas a escorrerem de seu rosto. Finalmente, sua dona pega o rabo, prende-o ao plugue e o enfia novamente em seu cu. Cachorrinha ainda sente a bunda dolorida mas o plugue alivia a dor e os pelos do rabo entre suas coxas a fazem sentir-se melhor. Sua dona aponta para a convidada e ela engatinha até o sofá, onde o casal está sentado lado a lado, e põe-se entre as pernas da mulher, na posição de docilidade. A mulher suspende o vestido e tira a calcinha. Cachorrinha vê surgir a buceta da mulher, entreaberta e molhada. Ela sabe que seus donos a observam e que não pode mais falhar em nenhum detalhe. Então aproxima o rosto e começa a lamber a buceta da mulher, que segura sua cabeça com as duas mãos e a puxa contra si, enquanto geme cada vez mais forte, vai, Cachorrinha, me chupa, vai... Com o rosto afundado entre as coxas da convidada, a língua de Cachorrinha passeia pelo interior de sua buceta, no início devagar e depois mais rápido, seguindo os movimentos do corpo da mulher, harmonizando-se com sua respiração, e ela sente quando as coxas se contraem, os gemidos se intensificam, as mãos lhe puxam a cabeça como se quisessem enfiá-la toda... e a mulher goza em sua boca, um gozo longo e ruidoso, e ela prova o gosto daquele gozo feminino, bebendo tudo que pode.

O convidado a aguarda com o pau para fora da calça, totalmente ereto. Cachorrinha abana o rabo, ansiosa. Ele a chama, vem, Cachorrinha, vem, e ela posta-se entre suas pernas, observando-o masturbar-se. Não é tão grande como ela gosta, mas é bonito. E cheiroso também, ela constata, enquanto o beija na cabeça e começa a lambê-lo. Sua boca o envolve em idas e vindas contínuas, chupando-o com presteza, e o homem goza logo, jorrando sêmen em seu rosto, e ela lambe e lambuza-se e bebe com vontade, enquanto ele geme seu prazer de ser chupado por uma cadela tão dadivosa.

Em seguida, Cachorrinha satisfaz sua dona, ela deitada no carpete e Cachorrinha entre suas pernas, e depois satisfaz seu dono, ele de pé mesmo, com ela ajoelhada no chão e tendo que dividir o gozo dele com sua dona, que exige que ela não beba tudo e que, diretamente de sua boca, passe uma parte para a boca dela, o que Cachorrinha faz, num longo e saboroso beijo que a deixa tão excitada que ela quase implora para também ser chupada pelos dois. Mas isso é algo que não lhe é dado fazer. Sua obrigação é servir.

Após satisfazer aos quatro, e feliz de sentir-se inundada por tantos gozos, Cachorrinha engatinha para um canto e posta-se na posição de docilidade. Está cansada, mas sabe que deve permanecer ali, aguardando que a chamem a qualquer momento.

E, após alguns minutos, seus donos a chamam, ordenando dessa vez que fique debruçada no sofá, com os joelhos no chão e afastados. É quando o terceiro convidado surge na sala: Yago. Cachorrinha não o conhece, mas sabe que foi trazido pelo casal convidado. Seu dono levanta seu rabo, deixando sua bunda totalmente descoberta, e lambuza sua buceta com sorvete de morango, não esquecendo de despejar uma boa porção lá dentro. Yago se aproxima lentamente, em seu passo firme. É um grande labrador negro, e sorvete de morango é o seu preferido. Cachorrinha fecha os olhos, para que a visão não lhe desvie a atenção das sensações que terá. Enquanto seu dono mantém seu rabo erguido, ela sente que Yago fareja sua buceta e começa a lambê-la. Cachorrinha arrepia-se, sentindo a grande língua varrer toda a extensão da buceta, meter-se dentro dela feito uma cobra inquieta e vasculhar seu interior em busca do sorvete. A língua de Yago não para, é como um dispositivo automático. Cachorrinha gane de prazer, e gane mais ainda quando Yago monta sobre ela e ela sente seu peso sobre suas costas, o bafo quente em sua nuca, os pingos da saliva caindo em seu pescoço. As tentativas do animal são bruscas e desajeitadas, mas as patas estão cobertas por luvas especiais para que as unhas não arranhem sua pele. Então o pau do labrador força entrada em sua buceta e ela empina mais a bunda, procurando encaixar-se melhor ao corpo dele, até que, com a ajuda de seus donos, Yago finalmente consegue e ela sente o membro dentro de si, um membro grosso e quente a entrar e sair do espaço onde pouco antes se remexia sua língua, e Cachorrinha late, e late mais alto, tomada pelo frenesi luxurioso, e então Yago arfa mais forte sobre suas costas e ela sente o líquido quente dentro de si e, nesse momento, uma gigantesca onda de prazer desaba sobre ela, arrastando-a sem rumo, e Cachorrinha uiva o mais alto que pode, transtornada e feliz, gozando o indizível êxtase de ser a cadela amada de seus donos.

O ALARME DO CELULAR toca a melodia familiar e Silvana desperta. Sexta-feira, sete da manhã. Ela abre os olhos, reconhece seu quarto e se espreguiça. Dormiu pouco, mas sente-se bem e disposta. Duas horas depois ela sai do táxi e chega ao prédio da empresa. Sobe até o décimo segundo andar, cumprimenta algumas pessoas no corredor e entra em sua sala, onde a aguarda sua secretária.

– Bom dia, dona Silvana.

– Bom dia, Lia. Os gerentes já chegaram para a reunião?

– Sim, os quatro já estão aí. Posso chamá-los?

– Por favor.

A secretária sai, e um minuto depois retorna, e com ela os quatro gerentes, que ocupam as cadeiras em frente à mesa da diretora.

– Bom dia, senhoras e senhores – diz Silvana. – Trouxeram os relatórios? Ótimo.

Um após outro, os gerentes leem seus relatórios e Silvana faz suas observações. Vinte minutos depois, ela encerra a reunião e todos levantam-se para sair.

– A senhora fica – ela fala para uma das gerentes. – Pode nos deixar a sós, Lia.

Os demais gerentes saem com a secretária, que fecha a porta. Silvana, ao lado de sua mesa, agora observa a moça, em pé à sua frente.

– Nossa empresa está muito satisfeita com seu trabalho, dona Brenda.

– Obrigado, dona Silvana.

INDECÊNCIAS PARA O FIM DE TARDE

- Indicarei seu nome para a subdiretoria, o que acha?

- Puxa... eu...

- Não precisa agradecer.

Por alguns instantes, Silvana olha sério para a funcionária. Depois mexe em alguns papéis na mesa e sorri.

- Foi uma noite maravilhosa. Você estava linda.

- Sim, e você estava magnífica - Brenda sorri também, e agora o semblante de ambas está bem descontraído. - Os convidados ficaram encantados.

Silvana aproxima-se e beija a moça suavemente na boca.

- Eu te amo tanto, Brenda.

- Nós também te amamos muito.

- Você e Beto são os melhores donos do mundo.

Elas se beijam mais uma vez, dessa vez um beijo intenso e demorado, enquanto se abraçam e as mãos apalpam seus corpos. Quando terminam, Silvana recompõe-se, respira fundo e abre a porta.

- Até logo, dona Brenda. Mais uma vez parabéns pelos bons resultados.

- Obrigado, dona Silvana.

A funcionária sai e Silvana fecha a porta. Senta-se relaxadamente em sua poltrona, fecha os olhos e suspira, lembrando da noite. Depois pega uma caneta e circunda, no calendário, a quinta-feira seguinte, anotando ao lado: emprestada. Adora ser emprestada.

Amadoras
INTERAÇÕES DA SACANAGEM

(*psicólogas nuas fotos amadoras*)

NUNCA CONTEI ISSO pra ninguém, Verinha. Só vou te contar porque tu me contou aquela doidice que tu aprontou no casamento da Jardênia, é uma troca justa. Lembra daquele congresso de Psicologia em Natal, dez anos atrás, que tu, vacilona, não foi? Tá, eu sei que o idiota do Heitor não deixou, eu sei. Aliás, a melhor coisa que tu fez foi acabar aquele namoro, já te disse isso? Pois tá dito. Aquele Heitor era um galinha nojento, sabia, deu em cima até de mim. Eu sei, mulher apaixonada fica cega. Pois voltando ao congresso. Foi lá que aconteceu minha história bizarra. Não, eu ainda não tinha casado com o Nelson, mas já tava noiva. Fiquei num quarto com a Irene, lembra, que deu o golpe e casou com aquele deputado escroto, que este ano foi cassado. Ela mesma. Mas como ele foi cassado, é capaz dela agora querer o divórcio.

Deixa eu contar. Ficamos hospedadas num hotel bacana, pertinho da praia. Aquele esquema, a gente dava uma passadinha nas palestras, ia pra praia e depois caía nos agitos da noite com aquele bando de psicólogas taradas, tudo doida pra provar da culinária local. Irene, logicamente, fez a festa. Pra tu ter uma ideia, na sexta à tarde, na praia, ela ficou com um menino que devia ter no máximo quinze anos, sério, de noite agarrou o amigo dele no bar e de madrugada me expulsou do quarto pra dar pro taxista que levava a gente pros lugares. Tudo bem que o taxista era um gato, jeitão de surfista, mas tive que ficar lá embaixo na recepção esperando por duas horas, morrendo de sono. O que a gente não faz pela periquita das amigas, né?

Se eu tava comportada? Tu sabe que só quem fica comportado nesses congressos é o porteiro do hotel, né? E olhe lá. Mas até que eu tava quieta, acho que eu tava era exigente, sei lá. Aí, no sábado, quem eu vejo chegar no hotel, na hora que eu tava terminando o café? *Então sinta, viaje, voe nesse toooooommm, foi pra você, meu bem, que compus esse blues de luz neon...* Exatamente, a Bluz Neon. Eram eles, chegando do aeroporto. Tu sabe que eu tinha uma tara violenta no Luca, né, ia pros shows só pra ver ele cantando. Pois quando eu vi a banda chegando e soube que eles iam tocar num bar em Natal aquela noite, me deu uma coisa. Sabe quando, de repente, te dá uma intuição bem forte? De quê? Ora, de que naquela noite eu finalmente ia pegar o safado do Luca. Ia ser minha despedida de solteira.

Então, à noite, lá estava eu no Som de Cristal, o bar em que eles iam tocar, eu e meu pretinho básico, as coxas de fora, os peitos saindo, superconfiante na minha intuição. Eu no esplendor dos meus vinte e cinco anos, tudo durinho. Irene não quis ir, saiu com o filho do dono do hotel, um gatão lá que era cheio da grana. Fui sozinha mesmo pro bar, vi o show, que foi ótimo, e dispensei uns vinte chatos, tudo em nome do meu ídolo. No fim, toquei direto pro camarim, mas tinha muita gente, e quando consegui entrar, a banda já tava saindo de volta pro hotel. Ah, minha filha, eu dei uma de tiete descabelada, né, gritei, fiz escândalo. Mas o Luca nem olhou pra mim. Claro que tava bêbado, aliás, ele nunca fez um show sóbrio na vida, né?

Não, desisti não. Peguei rapidinho um táxi, fui pro hotel e esperei no saguão, sentadinha no sofá. Aí percebi que tinha uma moça no sofá da frente, uma morena bonita, da minha idade, e tava vestida ainda mais provocante que eu. Ela olhou pra mim, me analisou descaradamente e perguntou se eu também esperava pelo Luca. Pois é, outra tiete teve a mesma ideia, foi o que eu também imaginei. Na hora, pensei assim, ah, não, competir por homem é baixaria. Aí respondi que tava sim, mas que a gente podia resolver a questão no par ou ímpar. Falei de sacanagem, claro, mas era o que me restava, né, levar a coisa na gozação e sair de cabeça erguida. Aí ela riu e me explicou a situação. O nome dela era Gabriela, mais conhecida por Gabi, era puta e o Luca tinha contratado um programa com ela. Acredita? Sério, Verinha, um gato daquele pagando por mulher, pode? Só que ele tava demorando demais e ela tinha outro programa na sequência, e não podia faltar pois era um cliente supervip e coisa e tal. Tá, e eu com isso?, perguntei, sem entender onde a tal da Gabriela queria chegar. Pois ela disse assim, a gente tem um corpo parecido, o cabelo também, se você topar, você vai no meu lugar, ele não vai perceber, nunca me viu pessoalmente, esses caras de banda de rock são tudo maluquinho, bebem pra caramba, querem mais é fazer festa. Acredita nisso, Verinha? Pois foi. Eu? Fiquei passada, né, amiga? Claro que não topei. Agradeci a honra, levantei e subi pro quarto, deixei ela lá no saguão esperando o cliente.

Só que eu cheguei no quarto e tive uma revelação: putaquipariu, essa menina foi enviada por Deus! Ou pelo Diabo, né? Pra fazer cumprir a intuição que eu havia tido. Tchuuumm, desci correndo. Mas ela não estava mais no saguão. Corri pra frente do hotel e encontrei a menina já dentro de um táxi. Disse a ela que tinha mudado de ideia e que topava a parada. Ela me deu o cartão dela, disse que tinha acertado por quatrocentos reais. Voltei pro saguão, peguei o celular, acessei o site dela e vi as fotos. Eram bonitas, mas em nenhuma ela mostrava o rosto direito. Aí vi a ficha dela, vinte e dois anos, nível universitário, atende em hotel e motel, aceita homem, mulher e casal, e curte anal. Vixe, vou ter que fazer o sacrifício de dar o cu pro Luca, rá, rá, rá. Sim, ela tinha nível universitário, pelo menos na ficha do site. Mas tu sabe que elas põem isso pra valorizar mais o cachê, né? Tu acha que o cara vai pedir pra ela mostrar a carteirinha de estudante?

Logo depois o Luca chegou no saguão. Veio direto falar comigo, você deve ser a Gabi, né, desculpa a demora, o show atrasou. Juro que me deu vontade de dizer: agora só por quinhentos, garotão. Mas dei um sorrisinho meigo e falei que tudo bem. Ele se despediu dos outros caras da banda, que ficaram bebendo no bar do hotel, e subimos pro quarto dele. Nervosa? Eu tava nervosíssima, amiga, sozinha no elevador com meu ídolo e morrendo de medo dele descobrir que eu não era a Gabi. No elevador, meu coração pulava tanto que eu tinha certeza que ia ter um troço. Mas ele não percebeu nada, tava bem bebinho, rindo de tudo. E eu lá, sem saber o que falar. O que uma puta fala subindo no elevador com o cliente? Pelo que saquei da Gabriela, ela até tinha um certo nível, falava bem, então achei melhor ser eu mesma, só que falando menos. Eu era praticamente uma puta muda. E ele lá, você é mais bonita que no site, e eu: obrigado. Esse vestido fica perfeito em você, e eu: obrigado. Você é tímida mesmo ou tá jogando charminho? E eu: ahn, é que eu tenho medo de elevador. Rá, rá, rá. Já viu puta com medo de elevador, Verinha? Essa não sobe nunca na vida.

Entramos no quarto e a grana já tava separadinha, em cima da mesa. Quatrocentos paus, Verinha. Num só programa aquela menina faturava mais que eu o dia inteiro atendendo doido no consultório. Luca deixou a luz do quarto fraquinha, botou um DVD do Eric Clapton, pegou uma garrafa de uísque e serviu pra ele e pra mim. Todo gentil, o safado. Me deu de presente um CD da Bluz Neon e perguntou se Gabriela era meu nome verdadeiro, pra ele poder autografar. Fiquei no maior dilema. E aí, o que eu ia dizer? Na hora me bateu um medo e acabei dizendo que era, sim. Por isso que aquele meu CD tá autografado pra Gabriela, entendeu agora?

Ele perguntou se eu queria tomar banho também e eu disse que não, mas que ele não se preocupasse pois eu tava bem limpinha. Me arrependi na mesma hora, ah, sei lá, acho que uma puta jamais ia dizer isso, né? Mas ele achou engraçado, ainda bem. Eu virei a dose rapidinho, pra relaxar, precisava, né, tava a centímetros de transar com meu ídolo do underground. Ele voltou, todo cheirosinho, tirou a minha roupa e começou a chupar meus peitos. Ah, chupou bem, sim, sem machucar. Depois me deu um banho de língua, olha, fazia tempo que ninguém me dava um banho daquele, viu, foi tão bom que passou o nervosismo e... Quem? Nelson? Que Nelson o quê, minha filha, desde que a gente casou que o Nelson esqueceu que tem língua, ô tristeza. Mas quanto a isso, eu tenho minhas alternativas, ah, claro que eu tenho, e tu conhece quem é a alternativa. Mas isso é outra história, depois eu conto, deixa eu voltar pra Natal. Aí o Luca começou a chupar minha buceta, e eu pensava assim, caramba, ele faz isso com uma puta? Depois me toquei que puta não é necessariamente uma mulher suja, né, aliás, se elas não forem limpas e bem cuidadas, quem vai querer, a concorrência é grande.

Então. Aquele safado me deixou num tesão tão grande que caí de boca no pau dele sem pedir licença nem nada, tchum, exatamente, abocanhei o choquito do Luca. Ah, eu achei bonito, e do tamanho certo pras minhas necessidades. Pois eu tava lá com a boca no material, ao som de Eric Clapton, toda entretida, quando de repente... a porta do quarto abre. E entra um cara. Era o Junior Rível, o guitarrista. Fiquei paralisada, segurando o pau do outro, parecia uma

INDECÊNCIAS PARA O FIM DE TARDE

criança flagrada roubando o pirulito. Junior riu, deu boa noite e passou reto pro banheiro. Perguntei baixinho pro Luca se o amigo dele ia demorar e o Luca disse assim: não se preocupe que em quinze minutos você terá os dois só pra você.

Verinha, eu gelei. Exatamente, a Gabriela tinha acertado de dar pros dois, e a filha da mãe não me avisou. Não sei se ela me sacaneou ou se esqueceu, só sei que entrei em pânico total, né? Tu já deu pra dois caras de uma vez, Verinha? Nem eu. Quer dizer, até aquela noite nunca tinha dado. É, o Junior Rível também era um gato, eu sei, mas o foda é que o Luca tinha aquele jeitinho de cafajeste na medida exata que eu gosto, né? Naquela noite eu tava preparada pra ser puta, sim, mas, pô, pra um cara só, e não pra dois. Quase que eu desisto, claro, mas já tinha ido longe demais, concorda? Aí o Luca disse assim: ele é um cara legal, você vai ser muito bem tratada. E me deu um beijo na boca. E eu adorei o beijo.

Pois, minha filha, quando o outro voltou do banho, eu tava lá na cama, de quatro, e o Luca atrás metendo em mim, e eu adorando ele me chamando de Gabi. Ah, claro, já tinha incorporado a putinha, né, tava toda solta, muito mais do que normalmente sou. Junior serviu um uísque pra ele, botou um CD do Artur Menezes e foi se chegando, se chegando... Quando vi, ele tava batendo com o pau no meu rosto, o pauzão duro, parecia de ferro. Surra de pau na cara, é bom demais, né, também gosto muito. Aí a festa começou de verdade, o Luca me pegando por trás e o outro fodendo minha boca, me segurando pelo cabelo, e eu me sentindo a devassa toda poderosa, né? Não sei se eles dois abusaram de mim ou se fui que eu abusei dos dois. Só sei que eles fizeram tudo que queriam, era um tal de abre as pernas, Gabi, de quatro, Gabi, me chupa, Gabi, ai, como você é gostosa, você é maravilhosa, até dupla penetração a gente fez, acredita? Sim, na buceta e no cu. Não, foi minha primeiríssima vez. Ah, eu gostei, sim. A sensação? Ah, a pessoa se sente assim aquele pão do dogão com duas salsichas, sabe? Mas foi meio desajeitado, eles já tavam muito bêbados. Mas, olha, eu gozei suuuupergostoso, e o Luca no meu ouvido, goza, Gabizinha, goza pra eu ver. Tão lindo, adorei. Eles? Gozaram também, e sabe como? Na minha cara, os dois esporrando no meu rosto, eu aperreada pra não desperdiçar nenhuma gota, a própria sedenta do Saara, rá, rá, rá. Te cuida, Sasha Grey.

185

Depois disso, eles apagaram, e eu me mandei rapidinho pro meu quarto. Dormi superfeliz com a minha despedida de solteira. No outro dia eu e Irene almoçamos, eu de óculos escuros e chapéu, morrendo de medo dos caras me reconhecerem, já pensou? Ainda bem que não vi nenhum deles. Não, claro que não contei nada pra Irene, aquela doida nunca foi de confiança. Durante o voo foi que eu me toquei: caramba, esqueci de pegar a grana. Exatamente, deixei lá no quarto deles, ficou em cima da mesa. Como que eu esqueci? Ora, esquecendo. Se fosse puta de verdade, com certeza tinha botado logo a grana na bolsa. Eles? Ah, sei lá, devem ter pensado que a Gabizinha fez uma cortesia pra eles.

História bizarra, né? Pior que tem mais. Dias depois eu mandei e-mail pra Gabriela, agradeci, falei que tinha gostado, mas que eu tinha esquecido de pegar a grana, que se ela quisesse, podia cobrar deles e ficar com tudo. Ela respondeu que eles tinham ligado pra ela, pedindo o número da conta pra depositar, mas ela disse que não havia sido ela, que ela havia ido embora porque eles tavam demorando pra chegar no hotel. Olha que loucura, Verinha... Os caras devem ter pirado, né? Acho que estão até hoje pensando quem foi aquela doida que apareceu do nada pra dar de graça pra eles.

Espera que tem mais. Não é que a Gabriela tinha mesmo nível universitário? Fazia Sociologia. Sim, Sociologia, minha filha. Pois dia desses vi uma notícia que uma tal Gabriela não sei das quantas, socióloga de Natal, tava lançando um livro, uma dissertação de mestrado, contando sua experiência pessoal como prostituta. Ela mesma, a própria, eu vi a foto dela. Pois é, amiga, é como tu diz, não tem mais espaço nesse mundo pra amadora.

A cidade das almas boas
INTERAÇÕES DA SACANAGEM

(travesti michele em fortaleza)

ARLINDO DE DIA. Michele de noite. Das dez às quatro na agência da Caixa da avenida Santos Dumont, todo sério, camisa social fechada no punho, gravata, cabelo penteado. Depois das nove da noite numa esquina da rua Clarindo de Queiroz, salto plataforma e uma minissaia de couro sem nada por baixo, para facilitar na hora de mostrar o pauzão enorme aos carros que passam pela esquina diminuindo a velocidade.

Uma noite, passava pouco das nove, quando o fusca parou, e ele, ou melhor, ela foi lá falar com o sujeito. Era um velhinho. Michele sorriu, hummm, velhinho que curte travesti, faltava um desse em sua clientela. Putz, sujeira, era aquele velhinho da agência, setenta e seis anos, que todo mês ia lá receber a aposentadoria com a mulher, seu Claudemiro e dona Núbia, os dois sempre juntinhos de braços dados, gostavam tanto dele que queriam que namorasse a neta, uma tal de Ilana, quem sabe não saía um casamento.

Mas o velhinho felizmente não reconheceu Arlindo naquela esquina penumbrosa. Também pudera, toda montada com aquela roupa, peruca, maquiagem. Michele abriu a porta do carro e o velhinho afastou o pacote de pão para ela sentar. Depois, no motel ali pertinho, ele pediu que ela fosse com jeito, era sua primeira vez. Michele foi com jeito, claro, mas seo Claudemiro, de quatro na cama, com o fundo de garantia para cima, logo largou de besteira e disse que ela podia depositar tudo, tudo que ele tinha direito, e Michele, sempre profissional, seguiu as ordens do cliente. Uma hora depois o velhinho pagou os cem reais, agradeceu e a deixou de volta na esquina, muito distinto ele.

No mês seguinte, quando o casal voltou à agência para receber a aposentadoria, Arlindo não notou nada de diferente no comportamento dele, tudo normal. Ainda bem. Horas depois, à noite, não é que lá estava o velhinho novamente parando o fusca na esquina penumbrosa? Michele sorriu, satisfeita pelo retorno do cliente. Ele afastou o pacote de pão para ela sentar e tomou o rumo do motel, e repetiram a dose.

Um mês depois, na agência, enquanto seo Claudemiro contava o dinheiro sacado, dona Núbia comentou com Arlindo que qualquer dia levaria a Ilana para ele conhecer, que ele ia ver só a belezura de neta que ela tinha, que ele ia se apaixonar, e depois falou que Fortaleza estava cada vez mais violenta, que seu marido, coitado, fora assaltado duas vezes nos dois últimos meses quando voltava da padaria, nas duas vezes lhe levaram cem reais, coitado, não respeitavam mais nem um pobre velho. Arlindo escutava, solícito. E era um dinheiro que fazia muita falta, prosseguiu dona Núbia, pois a aposentadoria era pouca, os remédios caros, o filho era doente e não podia ajudar, ô mundo ingrato, ninguém dá a mão a ninguém. Tenha fé, Arlindo consolou-a, tenha fé que Deus vai prover.

Pois não é que Deus proveu mesmo? Desde então, seo Claudemiro nunca mais foi assaltado na volta da padaria. Coincidentemente, e isso cá para nós, é claro, também nunca mais pagou pelo programa com Michele. É que ela passou a sortear, todo mês, um cliente para ganhar um programa grátis, e o velhinho tem uma sorte danada, ganha todas.

A senhora tem razão, dona Núbia, a cidade está muito violenta. Mas, se procurar, a gente encontra umas almas boas por aí.

Bullying de putaria
INTERAÇÕES DA SACANAGEM

(iniciação anal em cabaré)

MILENA SOFRIA DE BULLYING de putaria. Não é dos mais divulgados pela mídia, mas é um tipo de bullying terrível, estigmatizante ao extremo e causador de males difíceis de suportar, em especial para os adolescentes. Algumas pessoas superam o problema e seguem com suas vidas, mas outras infelizmente não, e para elas a vida se transforma num inferno diário.

O caso de Milena é exemplar. Mais novinha da turma, dezessete anos, todos os seus namoros haviam sido bem comportadinhos, com exceção do último, que durou apenas um mês mas, em compensação, lhe levou a virgindade, o que serviu para aliviar um pouco a pecha de santinha que ela carregava entre as amigas. Mas só um pouco mesmo, pois em comparação com o que elas faziam por aí, era como se ainda continuasse virgem. As amigas não tinham dó: aproveitavam toda oportunidade para humilhá-la com suas inacreditáveis histórias de putaria, cada uma mais deliciosa que a outra. Milena, arrasada, chorava de inveja na solidão de seu quarto. E, para piorar a depressão, ela era a única que nunca tinha ido ao Cabaré do Papai.

Ah, o Cabaré do Papai... As amigas enchiam a boca para dizer que era a festa mais maravilhosa da cidade, que só acontecia uma vez por ano, que era isso, que era aquilo e aquilo mais. Menor de idade e proibida por lei de frequentar certos lugares, à menina Milena só lhe restava sofrer seu bullying resignada, vendo as fotos e os vídeos das amigas na festa, em seus modelitos provocantes, todas elas sensualizando horrores e vivendo gloriosos momentos de diva. O jeito era esperar a maioridade, fazer o quê?

Por isso, quando foi anunciada a edição seguinte do Cabaré do Papai, Milena não pôde acreditar na odiosa coincidência: seria exatamente no dia anterior ao seu aniversário de dezoito anos. Ah, não, um dia antes?

Era muito, muito azar. Teria que esperar pela edição do ano seguinte. Mais um ano inteiro de bullying. Mais doze meses de depressão.

Não, não, que azar que nada, Milena pensou melhor, sorte, isso sim, muita sorte. Iria à festa, iria sim, mas... tchan, tchan, tchan, chegaria à meia-noite, ninguém poderia proibir sua entrada. O Cabaré do Papai seria o carimbo oficial de sua nova vida.

E assim fez. Foi a sua tão sonhada iniciação na festa que as cruéis amigas tanto usavam para sacaneá-la. E foi uma iniciação, digamos, mais que completa. A santinha apareceu lá vestida como uma diabinha sexy, com tridente e chifrinhos vermelhos piscantes, fez um puta sucesso, todos queriam tirar foto com ela, recebeu mil cantadas, dançou com o barman em cima do balcão e, como se não bastasse, ainda ganhou o concurso Musa do Papai. As amigas, boquiabertas, não acreditavam no que viam.

A festa deixou Milena tão inspirada que ela decidiu iniciar-se também, naquela mesma noite, em outro tipo de festinha, já conhecida das amigas: o ménage à trois. E foi assim que a santinha, já não mais tão santinha, terminou a noite, no motel com ninguém menos que o supergato cantor da banda e a namorada dele, lindíssima. E no motel, aproveitando o embalo dos seguidos orgasmos, decidiu que já era hora também de iniciar-se no sexo anal, pois, entre as amigas, só ela ainda não havia dado o bendito cu. Então, animada com o coroamento de sua noite de estreia na sagrada putaria, Milena pôs-se de quatro na cama e arrebitou bem a bunda, assessorada pela namorada do cantor supergato, que foi muito solidária e lhe deu todas as dicas para ela aproveitar bem a primeira visita pela porta de trás. Porém, após duas horas de show pesado e mais três horas de motel com um par de mulheres com o diabo nos couros, o coitado do cantor não tinha mais força nem para abrir o tubo de gel, de forma que Milena teve que se virar com a namorada mesmo, que acoplou à cintura um pau de silicone e, com muita competência, finalmente a livrou do triste time das virgens anais, missão cumprida.

Naquela manhã, Milena, agora com dezoito anos, chegou em casa feliz e realizada com sua tripla iniciação: Cabaré, ménage à trois e anal. Sim, anal com pau artificial de mulher, é verdade, mas onde estava escrito que precisava ser pau natural de homem? Sem falar que agora era vip permanente do Cabaré do Papai, não pagaria mais para entrar, que chique, heim, já pensou a cara de inveja das amigas? A ex-santinha Milena nem quis tirar a roupa: dormiu vestida de diabinha mesmo, com um sorriso maroto nos lábios e os chifrinhos vermelhos pendurados na porta do guarda-roupa, ainda lhe piscando os parabéns. Bullying de putaria nunca mais.

O GPS de Ariadne
INTERAÇÕES DA SACANAGEM

(contos enlargueci minha buceta enorme)

ARIADNE LEU, NUM LIVRO de contos, uma história sobre uma mulher que era praticante de fisting. Taradinha como é, ela logicamente ficou muito curiosa. Desde então, passou a me pedir sempre pra enfiar a mão em sua buceta, e logo essa prática estava devidamente incluída em nossas transas. Com o tempo, eu conseguia meter a mão até o punho, deixando de fora só o relógio, e minha amante ficava excitadíssima, e adorava se masturbar com a minha mão toda dentro dela. Ah, eu achava incrível aquela sensação de ter a mão inteira dentro de uma mulher.

Passamos umas semanas sem nos vermos. Quando nos reencontramos, ela me disse no ouvido: Amor, enlargueci minha buceta, quer conferir? Claro que eu quis. Em seu apartamento, deitada na cama, as pernas abertas, ela pediu que eu lhe enfiasse uma laranja. Obedeci. E a laranja entrou toda em sua buceta, uau... Depois tirei a laranja e ela me entregou uma manga. Tem certeza?, perguntei, temeroso, era uma manga enorme. Ela tinha. Eu obedeci. E a danada da manga entrou toda, sumindo lá dentro. Caramba. Como estava madura e suculenta, fiz um furo na ponta e chupei a manga assim mesmo, como se chupasse suco de manga diretamente da buceta de Ariadne. Olha, foi algo indescritível. Nessa noite, minha amante foi uma mangueira deveras generosa. Felizmente ela não pretendia experimentar com um abacaxi.

Ariadne continuou praticando e um dia me pediu pra enfiar as duas mãos. Não acreditei que seria possível mas topei a parada, aquilo tudo me excitava muito também. E nessa noite vi, com meus próprios olhos, as minhas mãos, as duas juntas, palma com palma, sumirem inteiras dentro dela. E ela ainda pediu pra eu fechá-las. E eu obedeci.

Quer ver como foi, quer? Tô falando com você, você mesmo, que agora me lê. Quer ver como foi? Junte as palmas de suas mãos, como se rezasse. Juntou? Agora una os antebraços. Uniu? Agora feche as mãos, mas não com os dedos entrelaçados, feche as duas separadamente. Pois bem, era isso que estava no interior da buceta de Ariadne, duas mãos fechadas pra seu imenso prazer, e pro meu total encantamento. Incrível, não? Mas o próximo nível seria ainda mais incrível: ela um dia exigiu que eu lhe enfiasse o pé, eu que calço 43. Animado, cortei as unhas, lavei bem lavadinho e, ploft, enfiei o pé na jaca de Ariadne, e ainda mexi os dedos, pra total delírio dela, e meu também.

Achei que ela havia atingido seu limite no fisting, porém uma noite... Eu estava chupando sua buceta e ela, com as duas mãos, me puxava a cabeça ao seu encontro. Minha língua foi entrando, entrando, e meu nariz foi entrando, meu queixo, meu rosto, e de repente lá estava meu rosto inteiro dentro de Ariadne, e ela forçando minha cabeça pra dentro, forçando, até que quando restavam apenas as orelhas de fora, ela perguntou se eu topava entrar de vez. Fiz sinal de positivo com o polegar e... pufff, minha cabeça entrou, entrou inteiramente em sua buceta, até o pescoço. Uau. Aquilo era absolutamente incrível. Nesse momento, porém, me assustei, e comecei a sentir uma espécie de vertigem. Tentei puxar a cabeça mas não consegui, as mãos de Ariadne não permitiam, e enquanto eu sentia faltarem as forças, percebi que ela estremecia, estremecia cada vez mais, até que ela se sacudiu que nem uma máquina de lavar descontrolada, e eu apaguei.

Quando despertei, estava tudo escuro e silencioso à minha volta. Onde diabos eu estava? Tenho pavor de escuridão, e aquele era o lugar mais escuro do mundo. E também era quente e úmido. Pus-me de pé, mas o chão era mole e irregular, e perdi o equilíbrio, caindo de joelhos. Procurei no bolso o meu celular, pra iluminar aquele lugar estranho, mas eu estava nu. O lugar tinha um cheiro familiar... Era o cheiro da buceta de Ariadne. Eu estava dentro da buceta da minha amante?! Caramba... Então lembrei de nossa transa, minha cabeça entrando... Eu havia caído dentro dela, que loucura... Comecei a gritar, Ariadne! Ariadne!, mas apenas o eco me respondeu. Me veio a lembrança de Jonas dentro da baleia... Será que ela sabia que eu estava lá dentro?

INDECÊNCIAS PARA O FIM DE TARDE

Tentando controlar o pavor, comecei a caminhar, precisava logo encontrar a saída. Mas e se eu tomasse a direção errada? E se desse de cara com um óvulo tarado querendo ser fecundado? Será que ele me confundiria com um espermatozoide? Tentei lembrar das aulas de biologia, a anatomia feminina. Mas não lembrei de nada, a não ser da minha irritação por ter que decorar onde ficavam as tubas uterinas se aquilo era uma informação que eu jamais, em toda a minha vida, precisaria usar – a não ser, é claro, se eu um dia caísse dentro da buceta de uma mulher. Tubas uterinas, eu não quero ir pra esse lado aí não!, gritei, e o eco apenas gozou da minha cara: pra esse lado aí não, lado aí não, aí não...

Parei de caminhar e tentei me acalmar, precisava me concentrar. Se eu alcançasse o estômago, poderia escalar o esôfago e sair na garganta, e Ariadne me vomitaria. Mas acho que a buceta da mulher não se comunica com o estômago, é mais provável que se ligue ao coração. Mas o que eu faria no coração de Ariadne, ela nunca me quis lá. Melhor pensar um pouco mais. Talvez ela logo sentisse vontade de mijar, ou menstruasse, e aí eu aproveitaria a corrente e sairia daquele labirinto. Seria perfeito... se eu não morresse afogado. Melhor não arriscar.

Caramba, ali estava eu, sozinho e perdido numa caverna escura, sem ideia de como sair. Lembrei de Júlio Verne, *Viagem ao Centro da Terra*... Lembrei de Jung e seu inconsciente coletivo... E se todas as bucetas fossem interligadas? Tipo assim: na verdade, uma buceta é apenas a porta de entrada de um complexo e misterioso sistema subterrâneo de túneis e galerias, o que permite que você entre em uma buceta e saia em outra. Hummm, não seria de todo ruim, mas melhor também não arriscar, vai que eu entro numa buceta qualquer por aí e saio justo na de minha mãe, já pensou, nascer de novo a essa altura do campeonato?

Enquanto analisava as possibilidades, tudo em volta se mexeu e caí novamente. Tentei me levantar mas tudo se mexia, que negócio era aquilo, um terremoto vaginal? Então, de repente, póim, fui atingido na cabeça por um... por uma... que diabo afinal me atingira? Fiquei quieto na escuridão, esperando, e a coisa me atingiu novamente, póim. E de novo, e mais uma vez, póim, póim, e cada golpe me empurrava mais longe... Putz, aquilo era um pau! Alguém estava

195

comendo a Ariadne. Póim, póim, póim. E comendo com vontade. Quem seria? Lembrei do Janjão. Caramba, Ariadne, qualquer um, menos o Janjão, por favor. Mas bem podia ser o Janjão, sim, Ariadne sempre teve queda por esses tipos xexelentos. Morrer dentro de uma buceta não seria um triste fim, mas esmagado logo pelo pau do Janjão?

Não, uma mulher não seria tão tarada a ponto de dar pra um cara com outro dentro dela. Ou seria? Bem, talvez Aridane quisesse justamente me socar bem pro fundo dela, de onde eu jamais pudesse sair. Seria Ariadne, na verdade, uma devoradora de homens, que havia treinado alargamento bucetal como parte de seu maquiavélico plano de prender seus amantes dentro dela? Mas pra quê? Talvez pra nos exibir em despedidas de solteiras, sim, era bem possível, ouvi falar que rola de tudo nessas festinhas. E como ela nos alimentaria, jogando quentinhas lá dentro? A minha sem farofa, por favor. Pelo menos nos daria de vez em quando umas cervejas? Abriria uma brecha aos domingos pra gente poder ver o futebol?

Só me restava uma opção: me agarrar ao pau do Janjão, se é que era o pau dele, e aguentar firme até a hora do desgraçado resolver sair, e torcer pra sair logo, se bem que pelo que eu conhecia da Ariadne, ela não deixava ninguém sair antes de pelo menos umas quatro horas. Apavorado com a possibilidade de ter me tornado vítima de uma cruel buceta engolidora de homens, e não aguentando mais aquela cobra caolha me encher de porrada, póim, póim, póim, me agarrei nela com todas as minhas forças, segurei o ar e me deixei levar...

Quando abri os olhos, estava na cama, ao lado de Ariadne.

– Tá tudo bem, gato?

– Cadê o Janjão? – perguntei, procurando embaixo da cama.

– Sei lá, por quê?

Aos poucos me acalmei, estávamos no quarto dela, e não havia ninguém além de nós dois.

– Você foi muito fundo. Tive que te puxar com meu vibrador.

Caramba, que aventura louca...

– Você gostou do meu interior?

– Caramba, foi um tanto assustador. Mas... até que foi emocionante.

– Eu adorei. Vamos fazer de novo na sexta?

– Tá, pode ser. Mas vou entrar com um GPS.

– Pra quê?

– Pra não me perder, ora.

– Alôôôu... Lá dentro não tem sinal, gato.

– Sério? Por quê?

– Pergunte pra Natureza.

– Ah, não. Sem GPS eu não entro.

– Homem é muito medroso mesmo.

– Vocês é que são grandes demais.

Galeria de leitores especiais

Obrigado a todos os leitores que adquiriram esta obra antecipadamente na promoção de pré-venda, me ajudando a viabilizá-la. Mais que leitores, estas pessoas são grandes incentivadoras do meu trabalho.

AL – Antonio Martins, Mariana Melo (Maceió)

BA – Celina Bezerra (Salvador)

CE – Ana Érika Galvão, Ana Jéssica Sousa, Elaine Luz, Francilângela Clarindo, Fco. R. C. Junior, Iana Bezerra, Ivonesete Rodrigues, João Guy Almeida, Jorge Pieiro, Juliana Melo, Michele dos Santos Jacinto, Rafa Moreira, Renata Kelly, Samara do Vale, Tetê Macambira (Fortaleza)

DF – Marcos Carvalho (Ceilândia)

PB – Emerson Figueredo, Glauco Machado, Marcos Moraes (Campina Grande)

PR – Tailei Noskoski (Cascavel)

PE – André de Sena (Recife)

RJ – Thais Guida (Rio das Ostras), Ana Paula Teixeira Ferraz (Rio de Janeiro)

SP – Tais Barrenha (Assis), Paula Alves (Campinas), Ana Luiza Cappellano (Jundiaí), Vika Mancini (Leme), Nana Bruxa (Itaquaquecetuba), Cris Lima (Santos), Reggina Moon (São Bernardo do Campo), Angélica Lima, Cesar Venezianni, Chantal Soares, Jane Arruda de Siqueira, Luciano Espírito Santo, Lulis Pessoa, Shirlene Holanda,

Sidneia Fonseca, Valter Cavalcante (São Paulo), Marcos Scaico (Serra Negra)

SE – Mayara Nirley (Aracaju)

AUSTRÁLIA – Katie Furge (Gold Coast)

ESTADOS UNIDOS – Ana Claudia Domene (Albuquerque)

FRANÇA – Luciana Loureau (Nantes)

Obrigado também a Wanessa Bento e André de Sena, pela ajuda na finalização deste livro (revisão e leitura crítica), além de todos os leitores que opinaram sobre os textos.

Sobre o autor

Ricardo Kelmer nasceu em Fortaleza, em 1964, e mora na cidade de São Paulo. Cursou Letras e Comunicação Social, atuou em rádio e na produção de eventos, foi redator de publicidade e dono do bar Badauê na Praia de Iracema. Integrou as bandas Os The Breg Brothers e Intocáveis Putz Band. Apresenta-se em bares e teatros com shows musicais-literários e é produtor do sarau Bordel Poesia. Publicou seu primeiro livro em 1995. Também é roteirista e letrista musical.

Blog do Kelmer – blogdokelmer.com

Livros do autor

O Irresistível Charme da Insanidade
(Romance – Editora Arte Paubrasil)

Luca é um músico, obcecado pelo controle da vida, que se envolve com Isadora, uma viajante taoísta que afirma ser ele a reencarnação de seu mestre e amante do século 16. Ele inicia uma estranha aventura onde somem os limites entre sanidade e loucura, real e imaginário e, por fim, descobre que para merecer a mulher que ama terá antes de saber quem na verdade ele é.

Nesta insólita história de amor, que acontece simultaneamente na Espanha quinhentista e no Brasil do século 21, os déjà-vu (sensação de já ter vivido certa situação) são portais do tempo através dos quais temos contato com outras vidas.

Blues, sexo e uísques duplos. Sonhos, experiências místicas e ordens secretas. Este romance exercita, numa história divertida e emocionante, intrigantes possibilidades do tempo, da vida e do que seja o "eu".

Guia de Sobrevivência para o Fim dos Tempos
(Contos – Editora Arte Paubrasil)

O que fazer quando de repente o inexplicável invade nossa realidade e velhas verdades se tornam inúteis? Para onde ir quando o mundo acaba?

Nos nove contos que formam este livro, onde o mistério e o sobrenatural estão sempre presentes, as pessoas são surpreendidas por acontecimentos que abalam sua compreensão da realidade e de si mesmas e deflagram crises tão intensas que viram uma questão de sobrevivência. Um livro sobre apocalipses coletivos e pessoais.

Indecências para o Fim de Tarde
(Contos/crônicas – Editora Arte Paubrasil)

Os 23 contos deste livro exploram o erotismo em muitas de suas facetas. Às vezes ele é suave e místico como o luar de um ritual pagão de fertilidade na floresta. Outras vezes é divertido e canalha como a conversa de um homem com seu pênis sobre a fase de seca pela qual está passando. Também pode ser romântico e misterioso como a adolescente que decide ter um encontro muito especial com seu ídolo maior, o próprio pai. Ou pode ser perturbador como uma advogada que descobre que gosta de fazer sexo por dinheiro.

O erotismo de Ricardo Kelmer faz rir e faz refletir, às vezes choca, e, é claro, também instiga nossas fantasias, inclusive as que nem sabíamos possuir. Seja em irresistíveis fetiches de chocolate ou numa selvagem sessão de BDSM, nos encontros clandestinos de uma lolita num quarto de hotel ou no susto de um homem que descobre verdadeiramente como é estar dentro de uma mulher, as indecências destas histórias querem isso mesmo: lambuzar, agredir, provocar e surpreender a sua imaginação.

Matrix e o Despertar do Herói
A jornada mítica de autorrealização em Matrix e em nossas vidas (Ensaio)

Utilizando a mitologia e a psicologia do inconsciente numa linguagem simples e descontraída, Kelmer investiga o filme Matrix e nos oferece uma visão diferente da obra que revolucionou o cinema e é considerada um fenômeno cultural, lotando salas no mundo todo, conquistando admiradores e instigando intensas discussões por onde passa.

Neste livro vemos que Matrix é uma reedição moderna do antigo mito da jornada do herói e sua história nos fala, metaforicamente, do processo de autorrealização do ser humano, com suas crises que levam ao despertar, o autoconhecer-se, os conflitos internos, a relação com o inconsciente, a autossabotagem, a experiência do amor, a morte e o renascer.

Nós podemos ser bem mais que meras peças autômatas de uma engrenagem, dirigidos pelas circunstâncias, sem consciência do processo que vivemos. Em vez disso, podemos seguir os passos de Neo e todos os heróis míticos: despertarmos, assumirmos nosso destino e nos tornarmos, finalmente, os grandes heróis de nossas próprias vidas.

Vocês Terráqueas
Seduções e perdições do feminino
(Contos/crônicas)

Nos 36 contos e crônicas deste livro, Ricardo Kelmer mistura humor e erotismo para celebrar o feminino em suas diversas e irresistíveis encarnações. Ciganas, lolitas, santas, prostitutas, espiãs, sacerdotisas pagãs, entidades do além, mulheres selvagens – em todas as personagens, o reflexo do olhar masculino fascinado, amedrontado, seduzido... Em cada história, o brilho numinoso dos arquétipos femininos que fazem da mulher um ícone eterno de beleza, sensualidade, mistério... e inspiração.

Baseado Nisso
Liberando o bom humor da maconha
(Contos/glossário)

Os pais que decidem fumar um com o filho, ETs preocupados com a maconha terráquea, a loja que vende as mais loucas ideias... Nesses contos estão reunidos aspectos engraçados e pitorescos do universo dos usuários de maconha, a planta mais polêmica do planeta. Inclui glossário de termos e expressões canábicos. O Ministério da Saúde adverte: o consumo excessivo deste livro após o almoço dá um bode desgraçado.

Guia do Escritor Independente
Como publicar seus livros e gerenciar a carreira literária (Dicas)

As novas tecnologias possibilitam cada vez mais aos escritores a oportunidade de desenvolver suas carreiras sem necessariamente estarem ligados a alguma editora. Hoje é possível publicar, divulgar e vender os próprios livros usando-se a internet e outros meios alternativos, baratos e eficientes. Com sua experiência no mercado editorial oficial e alternativo, o autor resume neste livro as ideias que divulga em suas palestras e oficinas, mostrando que os novos autores podem gerenciar a própria carreira independente, publicando e vendendo seus livros, conquistando seu público leitor e realizando, assim, o velho sonho de ser escritor.

Blues da Vida Crônica
(Crônicas)

Sociedade, relacionamentos, arte, internet, drogas, futebol, política, misticismo, Natureza, erotismo, mulher... O velho olhar kelmérico, agudo e bem-humorado, está de volta nesta seleção de 46 crônicas, boa parte publicada em sua coluna de jornal. Elas compõem o melhor da produção de crônicas do autor entre 2003 e 2006.

A Arte Zen de Tanger Caranguejos
(Crônicas)

Em sua maior pa rte publicados em jornais, revistas e sites na Internet, entre 1992 e 2002, as crônicas e artigos deste livro trazem o sagrado e o profano tão típicos do estilo de Ricardo Kelmer. Feito caranguejos tangidos na mesma direção, aqui estão reunidos os vários Ricardos: o cronista gozador, o observador irônico e debochado dos costumes, o ousado viajante dos mistérios e também o pensador inquieto a desenrolar o novelo infinito das possibilidades filosóficas e existenciais.

Impresso em São Paulo, SP, em outubro de 2014,
com miolo em off-white 80 g/m²,
nas oficinas da Graphium.
Composto em Minion Pro, corpo 11 pt.

Não encontrando esta obra em livrarias,
solicite-a diretamente à editora.

Manuela Editorial Ltda. (Arte Paubrasil)
Rua Bagé, 59 – Vila Mariana
São Paulo, SP – 04012-140
Telefone: (11) 5085-8080
livraria@artepaubrasil.com.br
www.artepaubrasil.com.br